# Mic Prolog

Domnișoara Joanne Bright nu are mari așteptări de la viață, preferă liniștea căminului ei și traiul la țară, de vreme ce nu a avut ocazia să viziteze alte locuri, însă boala tatălui ei îi schimbă planurile deodată, acesta trimițând-o în Londra, la sora lui, în speranța că se va alege cu un soț potrivit. Atrăgătorul lord Willem Drake pune ochii pe ea, din anumite motive, dar nu se implică emoțional în relația lor, considerând că i-a făcut deja o favoare. Prin urmare ar trebui să-i fie recunoscătoare și să nu ceară mai mult. Dar cine poate trăi fără iubire? Și cine poate sacrifica totul în numele ei?

*Vă invit să descoperiți o frumoasă poveste historical romance. Sper să vă placă! Mulțumesc tuturor cititorilor! Lectură plăcută! Ioana Mihaela Curaleț*

# *Mireasă de sacrificiu*

IOANA MIHAELA CURALEȚ

**LITERPRESS PUBLISHING**
Strada Brebu, nr.3, sector 2, București
Email: Literpress@gmail.com
Magazin virtual: www.literpress.ro

*Editori coordonatori:*
**Coman Iasmina, Drăgan Milica**

*Redactor corector:*
**Andreea Oana Duduman**

*Tehnoredactare:*
**Rodica Teiși**

**Descrierea CIP a Bibliotecii Naţionale a României**
**CURALEŢ, IOANA MIHAELA**
**Mireasă de sacrificiu** / Ioana Mihaela Curaleţ. - Bucureşti
: Literpress, 2021
ISBN 978-606-95180-0-7

821.135.1

**ISBN: 978-606-95180-0-7**

# Mireasă de sacrificiu

*de Ioana Mihaela Curaleț*

LITERPRESS, 2021
București

*Ea umblă-n frumusețe, ca noaptea fără nor*
*De pe-alte meleaguri, cu ceruri înstelate;*
*Şi tot ce e mai bun în întuneric şi mai strălucitor*
*Se întâlneşte-n ochii şi-n ținuta ei aparte:*
*Acea lumină cu moliciuni de miere, de polen uşor,*
*Pe care paradisul o neagă zilei din care suntem parte.*

*poezie clasică de* ***Byron****, traducere de Petru Dimofte*

# CAPITOLUL 1

Veselă după plimbarea de dimineață, Joanne intră în salon zâmbind, în ciuda ploii care o prinsese pe drum. O întrista doar faptul că picăturile reci scuturau florile copacilor, dar considera că fusese destul de norocoasă să le admire până în acea zi târzie de aprilie. Pășea dansând și fredonând o melodie învățată recent de la copiii din sat. Camerista îi amintea întruna că nu mai e așa de tânără încât să țină pasul cu ea, însă o însoțea oriunde dorea fata să meargă. Își făcuse un obicei de a se plimba dimineața până la brutăria din sat, cu toate că i se reproșa că asta era treaba servitorilor, dar cunoscând-o pe Joanne, știa că nu avea rost să se opună, căci ea voia doar să le ușureze munca bătrânilor servitori, pe care îi considera parte din familie. Oricine ar fi văzut-o și-ar fi zis clar că nu e decât o țărăncuță vioaie și ar fi ignorat-o. Totuși, nu o deranja să fie văzută astfel, iar tatăl ei nu-i interzicea nimic din ce-i făcea plăcere.

Baronetul Bright coborâse să-și ia micul dejun. Îl dureau încheieturile tot mai tare la fiecare vreme rea și uneori abia se putea da jos din pat din cauza genunchiului drept, iar atunci se chinuia la fiecare pas. Abia trecuse de șaizeci de ani, dar își făcea griji în privința fiicei sale. Pentru prima oară după cinci ani, trebuia să poarte o discuție cu Joanne în ceea ce spera că va fi spre binele ei. Fata stătea deja în salon, ungând două brioşe cu unt şi gem de cireşe. Una era pentru el. Se aşeză la masă, bându-şi ceaiul în linişte, ascultându-i sporovăiala despre ultimele tablouri pictate.

– Tată, dacă nu eşti ocupat în după-amiaza aceasta, mi-ar plăcea să-ți desenez portretul.

– Din nou? râse el. Draga mea, astfel vei observa că am îmbătrânit şi mai mult față de când m-ai pictat ultima oară în urmă cu vreo patru luni.

– E întotdeauna o plăcere să te pictez, tată. Simt că nu am destule portrete de-ale tale. Mi-e teamă că timpul mi te va şterge din minte, aşa cum s-a întâmplat cu mama. Aş fi vrut să o desenez şi pe ea, însă am reuşit să-i fac doar un portret pe baza spuselor altora, dar fiecare şi-o aminteşte diferit.

– Eu o văd de fiecare dată când mă uit la tine, răspunse bătrânul cu nostalgie. Draga mea, ce-ai zice să mergi la mătuşa ta? Ca să participi la noul sezon.

Joanne se agită, ridicându-şi privirea din farfurie.

– Eşti bolnav? S-a întâmplat ceva? A trimis mătuşa vreo scrisoare?

– Nimic serios, dar sigur te-ai gândit şi tu că nu am un moştenitor, astfel că averea îi va reveni verişorului tău. Mătuşa ta vrea să te ajute să îți găseşti un soț potrivit. Înțelegi de ce îmi fac griji. Ai deja douăzeci şi trei de ani...

– Îți pare rău că l-am refuzat pe domnul Clyne? Dacă aş fi acceptat cererea lui în căsătorie cu patru ani în urmă, aş fi putut sta aici sau măcar să te vizitez mai des, probabil.

– Eu nu regret o clipă că nu i te-am dat domnului Clyne. Omul acela era cu trei ani mai în vârstă decât mine. M-ar fi mustrat conştiința toată viața dacă te făceam nefericită.

– Nu toți putem avea parte de o poveste de dragoste frumoasă, tată. Ce ați avut tu și mama e ceva unic și uneori, recent tot mai des, vă invidiez. Însă dacă așa îți dorești, voi face precum spui. Mă tem însă pentru sănătatea ta, de aceea nu-ți pot promite că voi rămâne tot sezonul și trebuie neapărat să-mi scrii cât de des poți, altfel voi fi neliniștită.

– Draga mea, totul va fi bine. Nu sunt pe moarte și sigur voi rezista câteva săptămâni doar cu servitorii și cu vizitele prietenilor. Să îmi povestești cum ți se pare lumea bună. Vei vedea multe diferențe și oamenii nu se vor arăta prea prietenoși, ca în micul nostru sătuc, dimpotrivă... Sper să nu ai motive de îngrijorare.

Joanne tot ezita, dar nu mergea singură, ci își lua camerista, iar mătușa îi transmisese că abia aștepta să o prezinte la baluri. Fiind unele dintre puținele dăți în care îi vorbise, se simțea cumva datoare să facă o bună impresie. Își văzuse mătușa doar o singură dată, când avea vreo unsprezece ani. Se întreba dacă avea să o recunoască. Spre nefericirea cameristei, bagajul ei conținea prea puține rochii și, pentru ochii celor din Londra, știa că sunt demodate înainte de a le observa vestimentația. De ce nu putea fi și tânăra domniță puțin mai interesată de modă ca orice domnișoară de vârsta ei? Tatăl ei îi lăsase prea multă libertate și, cum nu aveau mulți vizitatori, nu prea avea idee dacă manierele fetei ar fi fost exemplare și nu se putea abține să nu-i dea sfaturi întruna, întâmpinate de chicoteli sau exprimări ale grijii față de părintele ei.

Fata bănuia cum e viața în Londra. Auzise destule de la o bună prietenă cu care crescuse, dar după plecarea ei, nu mai primise răspunsuri de la ea, ceea ce o îngrijorase o perioadă, până la ultima scrisoare a Isabellei, în care o anunța că se căsătorise şi avea tot timpul ocupat. Menționase mai mult despre proprietățile soțului ei decât despre orice altceva, încheind cu o urare de bine. Dacă tot mergea în Londra, voia să-i facă neapărat o vizită. Nu mai părăsise niciodată teritoriile de la Norfolk şi nici nu simțise nevoia. Îşi ocupase timpul cu pictura, muzica, cititul, dansul, plimbările călare alături de câinele tatălui ei, dar nu suporta brodatul. Fiind o fire mai tăcută, îi plăcea mai mult să asculte şi să observe decât să întrețină o discuție, acest lucru făcând-o să pară distantă sau rece pentru cei care nu o cunoşteau.

Veni şi ziua plecării ei. Vremea nu se menținuse frumoasă. Drumul de țară făcea trăsura să se hurduce la fiecare denivelare sau piatră ieşită în cale. Joanne nu îşi putea da seama cum de putea dormi camerista pe bancheta de alături. Încercă să-şi înăbuşe un căscat, deloc potrivită o asemenea manifestare pentru o domnişoară, care i-ar fi atras mustrarea femeii, dacă ar fi fost trează. Atâta timp cât nu o vedea, scăpa basma curată. Se uitase pe fereastră toată călătoria. Peisajul se schimba constant cu cât se apropiau de Londra, emoționând-o şi neliniştind-o totodată. Cum avea să se descurce? Oraşul parcă îi răpea toată încrederea în sine. Fiica unui mic baronet necunoscut din Norfolk nu părea potrivită în acel cadru. Inima îi bătea cu putere. Ajunseră la adresa mătuşii ei, dar, contrar aşteptărilor, nu o primi chiar aceasta, ci majordomul, conducând-o în salon. Lady Penrose ieşise la o plimbare de seară.

– Asta nu e deloc politicos, murmură camerista când rămaseră singure. Când ştii ziua în care îți soseşte un musafir drag, îl întâmpini, nu pleci la o plimbare din senin, mai ales când o poți face în oricare altă zi. Au trecut atâția ani, până la urmă.

– Aşteptarea nu mă încântă nici pe mine, Olivia! răspunse Joanne pe un ton obosit. Poate e un obicei aici. Sunt foarte obosită după călătoria asta lungă. Se întunecă şi...

Se auziră mai multe voci şi râsete pe hol, după care unchiul şi mătuşa ei intrară în cameră. Joanne aproape îşi răsturnă scaunul în graba de a se ridica.

– Lord şi lady Penrose, spuse ea zâmbind şi făcând graţioasă o plecăciune, mă bucur să vă întâlnesc. Sper că sunteţi bine!

Bărbatul îi răspunse politicos, dându-şi mâna, dar mătuşa ei îi aruncă o privire dezaprobatoare din câte îşi putea da seama, deşi îi surâse.

– Draga mea, iartă-mă că nu te-am putut întâmpina cum se cuvine, dar era o piesă de teatru pe care ţineam neapărat să o revăd. Te voi duce şi pe tine ca să vezi că merită într-adevăr. O să te rog să mă scuzi încă o dată. E târziu şi sunt foarte obosită. Cred că şi tu la fel. Servitorii ţi-au pregătit deja camera. Dacă ai nevoie de ceva, sună şi va veni imediat un servitor.

Joanne nu se aşteptase să fie astfel revederea cu mătuşa ei, de fapt, şi-o imaginase complet diferită, una plină de bucurie. Întâlnirea aceea îi lăsase cumva un gust amar. Se duse în camera special pregătită pentru şederea ei acolo, iar camerista încercă s-o ajute să se schimbe în cămaşa de noapte, deşi fata refuza s-o lase, considerând că dacă are două mâini, se poate descurca şi singură.

– E treaba mea să vă ajut, nu mă lăsaţi fără slujba care-mi place. V-au tratat cu lipsă de respect, domnişoară! zise Olivia cu năduf, căutând un şal prin cufărul pus în mijlocul încăperii. Nu v-au servit nici măcar cina.

– Nu-i nimic. Nu mi-e foame oricum. Au fost ocupaţi

cu nişte treburi importante... Sigur va fi altfel mâine.

– Ați văzut cum s-a uitat doamna la rochia dumneavoastră? Nu mi-a plăcut.

– Gata, Olivia. Nu poți avea atâtea impresii negative doar după o singură întâlnire. Oamenii nu pot fi agreabili tot timpul, fie ei şi nobili.

– Aici contează mult aparențele, domnişoară!

– Tu mereu spui asta, chicoti Joanne ca să mai reducă din tensiune. Probabil mătuşa a zis că sunt obosită după ce m-a văzut aproape adormită. Ar trebui să-i mulțumesc pentru grijă.

– Of, domnişoară! Încep deja să-mi fac griji din cauza ta.

– Şi pe asta mi-ai zis-o deja de trei ori doar azi, Olivia. Linişteşte-te şi încearcă să dormi!

Camerista tăcu şi îi puse şalul pe umeri, lăsând-o să doarmă. După stingerea lumânării însă, Joanne nu putu adormi imediat. Considera că făcuse o greşeală să vină în Londra. Spera că interpretase greşit mesajul din privirea mătuşii ei. Cumva îi lăsase impresia că nu o plăcea deloc, mai ales prezența ei sub acelaşi acoperiş. Sigur nu putea fi aşa, mai ales că abia se întâlniseră, îşi zise fata, alungând gândurile care n-o lăsau să se odihnească.

# CAPITOLUL 2

Îi stătea în obicei domnişoarei Bright să se trezească devreme, chiar şi după ce aţipise vreo două ore, însă acum o făcuse doar pentru a aştepta mai mult deşteptarea unchiului şi mătuşii sale. Servitorii se treziseră, auzindu-le paşii uşori pe holuri. Camerista o ajută să se aranjeze, regretând că tânăra nu avea o rochie mai sofisticată. Femeia se gândea că astfel mătuşa i-ar fi acordat atenţia şi politeţea cuvenită. Era mai afectată ea pentru sezonul Joannei decât aceasta. De când sosiseră în Londra, starea fetei se schimbase, părea mai posomorâtă şi mult mai tăcută decât de obicei.

— Domnişoară Joanne, zâmbiţi puţin, altfel gazdele noastre vor crede că sunteţi bolnavă.

— Desigur, Olivia! Voi face tot ce-mi stă în puteri să fiu o prezenţă plăcută.

Lady Penrose o invită să ia micul dejun pe teresa din grădină.

— Oh, cât mă bucur că ai venit, rosti lady Penrose pe un ton ascuţit, făcându-i semn să ia loc la masă. Încerc de ani de zile să-l conving pe tatăl tău să te lase măcar la un sezon. Înţeleg prea bine că înainte de a împlini optsprezece ani ai suferit din cauza pierderii mamei, însă credeam că după sfârşirea perioadei de doliu, vei veni neîntârziat în Londra.

Ai fi avut mai multe şanse să-ți găseşti un soț potrivit în urmă cu trei sau patru ani, dar să sperăm că nici acum nu e prea târziu. Cred că nici tu nu te aştepți la prea multe... Ah, dar am veşti bune! Primul bal la care am primit invitație e la o veche cunoştință şi se va ține în trei zile! Îți vine să crezi? Probabil eşti foarte încântată, eu una ştiu că sunt, cu toate că particip la ele în fiecare an şi... permite-mi, te rog, să fiu sinceră cu tine, rochia aceea e foarte demodată. O să te duc la croitoreasă ca să-ți facă nişte veşminte potrivite, dar nu vor fi gata într-un timp aşa scurt, totuşi, poate are unele care să-ți vină...

Lady Penrose vorbea întruna, ceea ce o bucura pe Joanne, chiar dacă mătuşa îi spusese de fapt că e o fată bătrână demodată, trecu imediat cu vederea remarca jignitoare, zâmbindu-i sincer şi savurându-şi brioşa cu unt. Nu prea apucase să vorbească, însă aflase mai multe ascultând. Unchiul plecase devreme cu treburi urgente la moşia din Somerset. Nu le putea însoți la bal. Joanne credea că era scuza lui obişnuită ca să nu-şi bată capul cu balurile de sezon. Nu o deranja deloc. Mătuşa se lăuda cum le ajutase pe aproape toate nepoatele ei să-şi găsească o partidă bună, plus o grămadă de fiice ale prietenelor. Nimic nu o încânta mai mult decât să mai adauge nişte nume din lumea bună ca fiind reuşitele ei pentru fericirea la care ajunseseră. O surprindea că lady Penrose nu punea prea multe întrebări despre fratele ei. După ce aflase că era bine, uneori suportând dureri din cauza vremii, trecuse cu bruschețe la subiectele care o interesau, anume moda şi bârfele mondene. Ştia totul despre gentlemanii în căutarea unei soții şi nu se sfia deloc să adauge unele detalii care o făceau să roşească pe Joanne, cum ar fi despre amantele unora sau cum îşi dobândiseră câțiva averea, ce zvonuri circulau pe seama lor și tot așa.

– O, vai!, făcu lady Penrose cu un gest teatral, ce repede trece timpul când ai o companie așa plăcută ca a ta, Joanne. Să mergem pe Bond Street, după ce trecem pe la croitoreasa mea. Poate putem rezolva cu rochiile, dar bănuiesc că ai nevoie și de niște bonete, mănuși, evantaie și panglici. Știu niște magazine superbe. Acum avem șansa să ne facem și noi cunoștințe. Domnii se plimbă des în perioada aceasta pe acolo, sau în oricare alta dacă sunt în căutare de cadouri sofisticate.

Plecară imediat după terminarea dejunului. Joanne privea locurile cu un interes deosebit. Magazinele nu o prea atrăgeau. Nu era o împătimită a modei. Considera că sunt lucruri mai folositoare de făcut decât alegerea unor rochii de sezon, pe care oricum nu credea că le va putea purta prea des. Orașul nu i se arăta așa strălucitor după cum auzise. Mătușa ei nu se uita deloc la prețuri. Cumpărase o pereche de mănuși la un preț mai scump, deși văzuse alta asemănătoare la un alt magazin din capătul străzii mai ieftină. La fel se întâmplase și cu un evantai și două pălării înflorate. Croitoreasa lui lady Penrose îi luă măsurătorile de mai multe ori, încruntându-se de fiecare dată. Ceva nu îi era pe plac, dar nu se plânse deloc, considerând-o probabil vreo provocare prin care să demonstreze că renumele ei venea pentru că era cea mai bună din împrejurimi. Mătușa nu se mai sătura să mângâie materialele și să aleagă culorile. După o vreme, tânăra nu le mai putu distinge. Toate i se păreau la fel. Din nefericire, croitoreasa spuse că nu avea o rochie potrivită pentru ea, deși Joanne văzuse cel puțin trei.

– Văd că v-au atras atenția alte rochii, observă croitoreasa. Nu vă sfătuiesc să le alegeți pe acestea, domnişoară! Culorile nu vi se potrivesc deloc. V-ar face înfățişarea şi formele cu totul nearmonioase. Trebuie să mai aveți puțină răbdare până le termin pe ale dumitale. Nu va dura mult. Le veți primi în două-trei săptămâni.

Lady Penrose se arătă de-a dreptul dezamăgită că trebuia să aştepte, dar zâmbetul îi reveni pe buze imediat ce părăsi atelierul şi se întâlni cu nişte doamne, mamă şi fiică. Le-o prezentă pe Joanne, iar acestea chicotiră şi îi adresară câteva cuvinte politicoase, îndreptându-şi apoi toată atenția către mătuşa ei.

– Lady Penrose, îți vine să crezi că anul acesta îşi va face debutul şi fiica mea? rosti zâmbitoare doamna Sweetpea. I-am comandat rochiile şi alte articole vestimentare cu vreo două luni înainte, deşi, drept vă spun, mă temeam că nu vor mai fi pe gustul tinerelor, însă mă bucur că încă suntem în tendință. Moda nu se poate schimba aşa mult în doar jumătate de an sau mai puțin. Elena e tare sensibilă. Desigur, a avut mulți pețitori, dar nu a considerat pe niciunul demn de atenția ei. Şi cum aş putea s-o învinovățesc? Până şi poeții o laudă în versurile lor.

Joanne o văzu pe domnişoara Sweetpea zâmbind neafectată, ascunzându-şi chipul în spatele unui evantai. Probabil era obişnuită să i se laude frumusețea. Elena semăna cu mama ei, dar tinerețea îi oferea un aer inocent, plin de viață. Părul blond îi cădea în bucle dintr-un coc micuț, aranjat perfect. Nu avea niciun fir de păr rebel. Ochii ei verzi se îndreptară o clipă în direcția Joannei, apoi îşi feri privirea, reprimându-şi un surâs. E frumoasă, se gândi domnişoara Bright, admirându-i silueta înaltă şi subțirică şi mişcările elegante.

– Probabil domnişoara Sweetpea a pus ochii pe

cineva anume? întrebă lady Penrose drăgăstos. Îl cunosc cumva? Nu mă îndoiesc că e chipeş, asta e cert.

– Oh, nu vrea să îmi spună nici mie. E aşa secretoasă! oftă teatral lady Sweetpea, ştergându-şi o lacrimă inexistentă din colțul ochiului cu o batistuță de dantelă, etalându-şi degetele pline de inele. Dar am o vagă bănuială şi e uşor de ghicit pe cine am în minte. Oh, iertați-mă că nu am mai mult timp să stăm de vorbă, dar sper că ne vom vedea la balul contesei de Mountague.

– Desigur, am fost invitate!

După despărțirea de frumoasele doamne, lady Penrose o luă de braț pe Joanne, conducând-o alene spre casă. După expresia de pe chipul contesei, întrevederea cu doamna Sweetpea îi răpise o parte din buna dispoziție de dimineață.

– Draga mea, ce impresie ți-a lăsat domnişoara Sweetpea?

– Nu ştiu, în afară de faptul că e foarte frumoasă, nu ştiu nimic despre ea.

– Tatăl ei are o grămadă de datorii, aşa că fiica lui încearcă să se căsătorească cu un bărbat foarte bogat. Se ştie deja că a pus ochii pe unul sau doi conți. Aceştia i-au şi cerut mâna, de aceea mă întreb de ce a refuzat. Părerea mea e că i-a atras atenția altcineva...

Pe Joanne nu o interesau cuceririle domnişoarei Sweetpea. Față de Elena, ea era scundă, puțin cam plinuță, părul ei negru nu stătea niciodată aranjat în bucle, aşa că alegea un coc plictisitor. Nici tenul nu îl avea perfect, adesea trezindu-se cu câte un coş sau mai multe pe față. Dacă ar fi fost acasă la Norfolk, astfel de lucruri nu ar fi deranjat-o deloc, dar aici se simțea de-a dreptul urâtă. Încercă să-şi alunge gândurile care-i afectau încrederea de sine, şi aşa scăzută.

– ...desigur că iau în considerare faptul că nu vei avea un sezon foarte reuşit, nu vreau să îți dau speranțe false. Ar fi crud din partea mea. Totuşi, mă aştept să participe activ la baluri lordul Edelweiss. Are peste cincizeci de ani, dar se menține bine. Săracul tot încearcă să-şi găsească o nouă soție de la moartea prematură a celei de-a treia, care fusese dintotdeauna foarte bolnăvicioasă şi şi-a găsit sfârşitul din cauza unei răceli cu doi ani în urmă. Cicatricea de pe față îl face cam înspăimântător pentru tinere, ce-i drept. Haide, Joanne! Nu fi aşa posomorâtă, îți vei găsi un soț anul acesta. Ai cuvântul meu!

Domnişoara Bright nu era deloc nerăbdătoare să-şi găsească unul. Trebuia să se mulțumească cu un soț care i-ar fi putut fi tată sau bunic doar pentru că societatea o considera o fată bătrână? Vremea ploioasă exprima exact starea ei. Oftă, simțind că pierduse o luptă importantă. Se resemnă în drum spre reşedința contesei Penrose. Nici nu-i mai păsa cu cine urma să se căsătorească, doar să aibă măcar un pețitor interesat, fie el şi bătrân. Nu voia să-şi dezamăgească tatăl sau mătuşa, care făcuseră atâtea pentru ea.

# CAPITOLUL 3

Bărbatul privea satisfăcut formele frumoasei lui partenere cu care își petrecuse noaptea. Probabil dacă și-ar fi trecut ușor degetele peste spatele ei, blonda s-ar fi trezit și ar fi reînceput o nouă partidă de amor. Dormea liniștită, cu buzele roșii ușor întredeschise, iar părul auriu inelat îi semăna cu o aureolă la lumina lumânărilor. Se decise s-o lase să se odihnească. Afară ploua torențial, dar se îmbrăcă rapid și luă trăsura spre casă. Ar fi trebuit să aștepte să se potolească ploaia sau și-ar fi putut petrece ziua cu Dorothy Swan, însă nu voia o mai mare intimitate între ei decât aveau deja. Cu ea doar își alina poftele și atât. Trebuia să mai treacă și pe acasă.

Willem de Starlight nu punea preț pe bârfe, dimpotrivă, acestea îl amuzau când se iveau la adresa lui, dar îl și osteneau. La începutul sezonului, nu-și dorea ca atenția să fie atrasă asupra sa, ca de exemplu să umble zvonul că plecase de la amantă sau fusese văzut în compania unei femei ușoare. Astfel de lucruri o înfuriau pe mama sa, ducesa de Starlight, care mereu îi amintea să se poarte ca atare și să-și ia odată o soție. El considera că e prea devreme pentru a se lega de gât. Nu avea decât treizeci și patru de ani. Căsătoria i se părea o cușcă, iar el iubea libertatea ce o avea în prezent.

Abia se iviseră zorii, dar la conacul lui îşi făcuse deja apariţia un musafir. Un vechi prieten de la universitate, contele Ambrose Copeland. Nu îl mai văzuse de câteva luni, mai exact de când se căsătorise. Uneori îl compătimea, dar până la urmă şi-o făcuse cu mâna lui. Îl invită în bibliotecă, servindu-l cu un coniac. Pe chipul lui Ambrose se citea oboseală şi nelinişte. Aspectul neîngrijit şi cearcănele adânci îl făceau să pară de-a dreptul epuizat şi mai bătrân cu vreo zece ani. Dacă venise pe o vreme ca aceea, problema era una de importanţă majoră ce nu suferea amânare.

– Deci, făcu ducele, aşezându-se la birou, cu ce ocazie primesc vizita plăcută şi total neaşteptată a prietenului meu? Credeam că n-ai supravieţuit căsniciei. Zilele astea aveam de gând să îmi prezint condoleanţele tinerei tale văduve, cum nu ai mai dat niciun semn de viaţă de câteva luni bune.

Contele bău paharul de coniac pe nerăsuflate. Trăgea de timp, de parcă nu ştia cum să înceapă. Părul roşcat îi stătea în toate direcţiile şi barba îi crescuse în voie. Ducele aşteptă, sorbind alene din pahar, permiţând băuturii să-l încălzească încet. Ambrose se hotărî să vorbească.

– Am venit să-ţi cer ajutorul, Willem! Mai ţii minte incidentul cu lady Ross?

– Am auzit ceva. Venea de la moşia de la ţară a soţului ei şi a avut un accident...

– Nu a fost un accident, dar numai aşa s-au mai potolit zvonurile şi nu i-a fost pătată onoarea familiei. Adevărul e mult mai tragic. A fost violată, torturată şi ucisă, iar trupul abandonat pe teritoriul vicontelui Ross. Şi nu a fost singurul de acest fel...

– Cineva o face intenţionat, dar în ce scop?

– Lordul Ross a primit o scrisoare de răscumpărare,

din păcate însă a ajuns prea târziu în mâinile lui. Nu e singurul caz. La fel au pățit și soțiile lorzilor Wood, Salvin, Huxley, Jenner, Edelweiss. Toți au primit scrisori de răscumpărare, dar numai Salvin și Huxley au răspuns la timp. Femeilor li s-au tăiat limba și degetele de la mâini ca să nu poată comunica în vreun fel, una avea chiar și ochii scoși și urechile tăiate. Au suferit inimaginabil. Au fost salvate pe moment, dar lady Salvin a murit la puțină vreme după aceea, iar lady Huxley s-a sinucis... Uite, toate au avut un sfârșit îngrozitor. Bărbații aceia sunt bogați și au un bun renume în societate. Am comparat scrisorile în care se cerea o anume plată pentru eliberarea femeilor. Scrisul e al unei singure persoane, însă și-l poate modifica ușor. Sumele sunt imense. Cine plănuiește atacurile astea, cunoaște bine situația fiecărei victime. Primul atac a fost cu trei ani în urmă, apoi a avut loc altul la o distanță de patru luni. Totuși, incidentele s-au întețit. Oricine o face, și aici cred că e vorba de mai multe persoane implicate, devine mai încrezător. De la începutul anului au avut loc trei astfel de atacuri succesive, în martie, aprilie și începutul lui mai.

— Și ce are asta de-a face cu mine? De ce îmi povestești detaliile? Aș putea fi implicat în răpirile și uciderile acelor femei.

— Ba nu.

— Ai zis chiar tu că nu știi cine sunt criminalii.

— Am încredere în tine. Știu că nu ai putea niciodată să fii atât de crud. Nu știam cui să cer ajutorul și mi s-a ordonat să rezolv problema. Tu ești singurul în care pot avea totală încredere.

— Și vrei să te ajut să dai de urma ucigașilor, oftă Willem, turnându-și alt pahar de coniac. Bine. De unde începem? Ai vreo pistă?

— Niciuna, dar am un plan.

— Ascult.

— Țintele sunt alese în funcție de rang şi avere, cred. Nu ştim unde ar putea lovi ei din nou. Planul e să-i momim cumva... Tu eşti marele duce de Starlight. Numele tău e pe buzele tuturor femeilor care te-au văzut, iar dacă nu, sigur au auzit de tine şi de reputația ta. Dacă i-am putea face să te ia în vizor...

— Dar eu nu sunt însurat, prietene! rosti alene Willem, puțin cam somnoros, dar chiar şi prin aburii alcoolului îşi dădu brusc seama ce implica planul lui Ambrose. Ai înnebunit? Vrei să mă căsătoresc?

— E pentru o cauză nobilă!

— Tu eşti deja însurat! Atrage-le tu atenția şi eu îți voi fi alături!

— Te implor, nu-mi cere asta! Îmi iubesc soția! N-aş putea niciodată să o pun în pericol. Ştii că niciuna nu scapă nevătămată.

— Şi vrei să îmi aleg mireasa doar ca să o sacrific? Eşti crud. Vrei să faci un monstru din mine!

— Uite, mă simt deja vinovat, dar datorită sacrificiului ei, ne vom asigura că nicio altă femeie nu va mai păți aşa ceva.

— Ce garanție ai că îi vom prinde?

Prietenul lui nu-i răspunse. Willem era furios.

— Ce nebun ar fi de acord cu un asemenea plan scrântit? Şi cu câtă uşurință mi-l propui când nu e vorba de iubita ta soție. Ai face orice pentru Mary, nu? Ți-ai închipuit cum ar fi să te pui în locul victimelor şi te sperie perspectiva unei vieți fără Mary? De fapt, nu cumva îmi ceri aşa ceva cu scopul de a o proteja pe ea?

— Ai dreptate, mărturisi Ambrose. Uite, Will! Mi-a fost incredibil de greu să vin aici. Zilele astea au fost de coşmar pentru mine. Îmi ies din minți din cauza grijilor. Le-am atras atenția şi n-am idee cine sunt ticăloşii. Nici măcar o afurisită de bănuială. Am escortat-o pe Mary de două ori până acum în locuri diferite şi cumva, tot o găsesc. Săptămâna trecută i-au dat de urmă în Dartmoor. Cei doi servitori au murit hăituiți prin mlaştini, dar ea a avut norocul să fie salvată de nişte păstori. S-a întors singură acasă şi de atunci îi e teamă să iasă din camera ei. E paranoică. La fel şi eu.

— Ah, deci n-ai nimic împotrivă dacă mor alți oameni, numai să nu fie Mary. Ai fost mereu aşa un ticălos sau căsnicia a făcut minunea?

— Soția mea e însărcinată. Nu văd altă metodă prin care să-i deconspirăm şi nu pot face totul de unul singur. Te rog, Will!

— Sunt duce, Ambrose! strigă Willem exasperat. Eşti absolut convins că vor risca să atragă atenția întregii societăți asupra lor dacă şi-au luat atâtea precauții încât nici tu n-ai prins măcar un fir despre identitățile lor? Din ce am înțeles, ceilalți erau lorzi şi au păstrat secretul uciderii soațelor lor. De ce n-au raportat incidentele? Atâtea crime de ce n-au atras atenția londonezilor? Eu de ce n-am auzit de ele?

— Regina a dat ordin să fie investigate în tăcere, după ce oamenii care se ocupau de anchetarea cazurilor au murit în condiții dubioase. Unii căzuseră ori se aruncaseră de pe clădiri, alții au avut accidente de vânătoare. Toate morți accidentale la o primă vedere sau sinucideri, dar fiecare dintre ei avea în posesie o scrisoare cu mesajul: *„Niciun sacrificiu nu-i prea mare pentru scopul nostru nobil. Oricine ne stă în cale va sfârşi în brațele morții. Vom ucide pe toți cei care* *ne opresc, indiferent de numărul lor. Toată populația e în pericol, dacă ne constrângeți! Păstrați tăcerea, altfel va suferi toată țara, nu doar femeile-demon, mai ales cei care îndrăznesc să vorbească despre noi!"* Atât. Niciun semn distinct, nume pompos sau cod. Şi lorzii care au murit în casa lor şi-au ucis servitorii. Înțelegi de ce regina a hotărât să se cerceteze în linişte, de vreme ce criminalii au amenințat să pună în pericol sute de vieți, iar cu deschiderea noului sezon s-ar crea anarhie şi panică dacă s-ar afla asemenea lucruri.

Willem îşi notă în grabă mesajul din scrisori, recitindu-l de câteva ori. Observă câteva detalii ciudate.

– Mesajul e clar, scurt şi la obiect, murmură ducele ca pentru sine. Nu e scris de un cleric şi deşi conține cuvintele „femei-demon" nu dă impresia că ar fi vorba de vreun cult sau ceva legat de religie, cu excepția torturii femeilor, dar asta a fost menită să le reducă la tăcere prin distrugerea tuturor mijloacelor lor fizice de comunicare: limba, degetele, ochii, urechile. Principala grijă a făptaşilor pare a fi legată de descoperirea lor, de aceea insistă ca nimeni să nu îi constrângă să se arate... Şi deşi menționează că au un scop nobil, cer recompense pentru eliberarea doamnelor, deci scopul lor în sine nu sunt crimele, ci câştigul. Ce sunt femeile-demon în concepția lor? Ce caracteristici au ele pentru a le atrage atenția?... O vânătoare de vrăjitoare... Hmm... Cine a fost responsabil de cazul ăsta înaintea ta?

– Jacob Jennen. Dintre toate victimele soția lui a suferit cel mai mult. Acum el e ținut sub tratament, după ce aproape a murit din cauza alcoolului. E singurul care a scăpat cu viață, totuşi, şi se blestează că nu a ascultat sfatul criminalilor de a nu vorbi cu nimeni despre ei. Când i-au torturat femeia au aflat tot de la ea şi cât a progresat cu ancheta. El e sub supraveghere ca să nu urle tot ce ştie întregii populaţii, cum a făcut Markus Indren înaintea lui şi a sfârşit împuşcat în plină stradă. Oamenii n-au bârfit atunci decât despre oribila crimă, dar nimeni n-a zis despre ce vorbea înainte, doar că îşi pierduse minţile şi răcnea la trecători.

– Şi întrebarea mea rămâne. Eşti sigur că îi pot momi?

– Le vei atrage atenţia. Sumele cerute în scrisorile de răscumpărare sunt enorme. Nu oricine le poate plăti. Bănuiala mea e că aşteaptă o ţintă potrivită, iar când li se va plăti o sumă ridicolă vor dispărea.

– Planul tău e inutil. Aş putea să te ajut şi fără să mă însor.

– Cum? Provocând scandaluri amoroase? Eşti un fustangiu notoriu. Nu te ia nimeni în serios în Camera Lorzilor, nici că ţi-ai da silinţa să-ţi faci simţită prezenţa acolo, totuşi. Maică-ta te bate la cap de câţiva ani să te căsătoreşti, numai să aibă şi ea pace şi să nu i se mai aducă permanent la cunoştinţă de numeroasele tale iubiri. Recent, cică participi şi la orgii. Şi ce e cu zvonul acela că iar ai lăsat gravidă o văduvă? La câte bârfe de astea aud, aş fi înclinat să cred că ţi-au trecut prin pat majoritatea văduvelor şi că ai ruinat reputaţia celor mai cuminţi fecioare. Diavole! Femeile te consideră o ispită, iar bărbaţii un prostovan afemeiat. Tocmai de aceea ai fi ţinta perfectă pentru ucigaşi. Dacă ar fi fost alt duce, nu s-ar încumeta, dar cu tine îşi vor încerca şansele.

– Mă flatezi, Ambrose! Şi nu sunt eu vreun sfânt, dar nici un asemenea păcătos. Aşa vrei tu să mă convingi să te ajut? Să mă căsătoresc doar pentru a le arăta oamenilor că mi-au venit mințile la cap? Mi-a păsat mie vreodată de gura lumii?

– Îți jur că dacă le atragi atenția, o să fac tot posibilul să o protejez pe soția ta şi vom pune capăt terorii.

– Bine, fie! O să-mi aleg o mireasă de sacrificiu! răspunse obosit. Sper ca ea să fie ultima expusă acestui pericol şi spre binele tău Ambrose, sper să-ți reuşească planul, altfel o să ai de-a face cu mine.

Aproape i se făcu rău când rosti acele cuvinte. Cum putea el decide soarta femeii care avea să se căsătorească cu el? Cum ar fi putut îndura familia ei vestea morții ei? Şi-ar fi dorit să nu-l fi întâlnit niciodată pe Ambrose.

# CAPITOLUL 4

În ultimele două zile, Joanne auzise discuții numai despre bal şi sezon, modă şi gentlemani disponibili, dar care sigur nu s-ar fi uitat la ea, aşa că până şi răbdarea ei se cam terminase. Mătuşa îi făcea constant observații cu privire la înfățişarea ei şi o mai şi lua de proastă, considerând că dacă îşi petrecuse viața la țară, era de-a dreptul o sălbatică, necunoscătoare a manierelor şi a regulilor nescrise ale aristocrației. Tânăra ajunsese să se simtă rău în prezența femeii, prin urmare, ca să evite alte sfaturi cu privire la îmbunătățirea conduitei ei, se prefăcuse că are o migrenă, ceea ce nu era în totalitate o minciună, căci viața la oraş nu îi pria deloc. Oricum, scăpase de cicălelile mătuşii, care îi spuse că trebuia să se facă bine până a doua zi la bal. Joanne era convinsă că lady Penrose ar fi fost în stare să o târască la bal chiar şi dacă ar fi văzut-o pe patul de moarte.

– Am auzit-o pe mătuşa dumitale discutând cu o femeie venită aseară în vizită, îi spuse camerista, în timp ce îi aranja părul în bucle. Nu se sfieşte să vă arate ca pe o ființă defectă nici chiar în ochii străinilor. Şi tocmai ea vă vorbeşte despre maniere...

– Asta ştiam deja, replică Joanne plictisită. A zis şi altceva?

– Doar că nu se aşteaptă ca sezonul dumneavoastră să fie unul de succes, aşa că se gândeşte că veți avea carnețelul de bal aproape gol, caz în care planul ei e să plătească vreo câțiva tineri ca să danseze cu dumneata, domnişoară. Sau îi va atrage atenția lordului Edelweiss că eşti disponibilă, astfel se lăuda că îl va scăpa pe lordul Bright de „povara din casă".

– Tata nu mă consideră o povară, dar caracterul mătuşii îmi arată clar că ea asta crede despre mine şi că astfel îi face o favoare. Când am venit aici nu mă aşteptam să fiu tratată aşa, dar cred că ar trebui să fiu recunoscătoare. Cu cât mă mărit mai repede, cu atât mă voi putea întoarce la tata ca să am grijă de el. Sper ca măcar un gram de înțelegere să am din partea viitorului meu soț, dacă o fi să fie. Nu cer mult.

– Dar nu cereți destul şi vă subestimați singură. Nu vă stă în fire să acceptați totul aşa uşor.

Joanne nu-i răspunse. Nici nu ştia ce i-ar fi putut spune confidentei sale. Se temea că orice mişcare care nu îi era aprobată de lady Penrose însemna că făcuse o greşeală. Se ridică morocănoasă de pe scaun şi se pregăti să dea ochii cu mătuşa ei. Balul începuse deja. În mod ciudat, lady Penrose nu îi aruncă nici măcar o vorbă pe drum, concentrându-şi toată atenția asupra prietenei sale, doamna Brown. Discutau cu înflăcărare despre vremea când participaseră şi ele la primul lor sezon. De câteva ori, Joanne surprinse privirea dezaprobatoare a prietenei mătuşii ei, aşa că fata fu de-a dreptul uşurată când ajunseră la bal, în ciuda emoțiilor. Purta cea mai simplă rochie de un albastru deschis, cu un decolteu micuț şi o cingătoare argintie. Cine ar fi văzut-o, nici prin cap nu i-ar fi trecut că tânăra se pregătise pentru bal.

Încercă să se țină neapărat aproape de lady Penrose, în timp ce se uita mirată la decorațiuni. Erau flori peste tot. Se bucura că nu atrăgea atenția, asta până când domnișoara Elena Sweetpea o luă pe neașteptate de braț și o salută încântată. Purta o rochie trandafirie, iar părul auriu îi cădea pe spate într-o cascadă de bucle. Frumusețea fetei era copleșitoare. Mama ei vorbea cu lady Penrose și doamna Brown.

– Cât mă bucur să văd o față cunoscută, dragă domnișoară Bright. Nici nu-ți închipui cât am așteptat să te văd. Mama a insistat să venim mai devreme, așa că a trebuit să îndur discuțiile ei neinteresante cu gazdele și prietenele de familie. Abia acum încep să vină și domnii. Ah, domnule Green, sigur că vă acord primul dans.

Joanne o văzu plecând cu un tânăr roșcat, foarte slab și înalt. Nu apucase să spună nimic și nimeni nu părea să o bage în seamă. Cu toate astea, într-un colț al încăperii, Willem de Starlight îi urmărea amuzat fiecare mișcare. Era evident că fata participa la primul ei bal. Privirile ei se îndreptau mai degrabă spre decorurile florale și candelabre decât spre oameni.

– Oh, ce surpriză să te văd tocmai aici, lord Starlight! spuse contele Ambrose Copeland, deghizat în ospătar, dând mâna cu el. Nu credeam vreodată să te văd venind la primul bal al începutului de sezon, cu atât mai puțin la unul mic ca acesta, care nu ți-ar trezi nicidecum interesul. Și ai venit foarte devreme.

Ducele îi aruncă o privire furioasă, transformându-și zâmbetul într-o grimasă și aproape zdrobindu-i mâna.

– Folosește forța aia pentru altceva, Will! mormăi Ambrose amuzat, în ciuda durerii.

– După cum ți-am zis, mă voi ține de cuvânt, dar cum știu ce o așteaptă pe viitoarea mea soție, aș prefera să fie una bătrână măcar, fără copii.

– Știi că ar trebui să treacă măcar de noaptea nunții ca să punem planul în aplicare, șopti ironic Ambrose. Pricep că vrei să reduci daunele, dar ai atrage atenția în mod negativ așa. Cine în toate mințile ar crede că atrăgătorul duce de Starlight ar putea cădea pradă farmecelor unei femei bătrâne? Și indiferent cât ai încerca să lămurești treburile, iar aici mă refer la mama ta, nu ai face decât să înrăutățești situația.

– Nu-mi forța mâna. E și așa destul de grav că decid viața unei ființe umane. Pentru asta nu mă voi ierta niciodată. Ce cauți tu aici? E sigur să te expui după recentele aventuri?

– Sunt deghizat. N-ai tu grija mea. Ia de soție o tânără. La cine te uitai mai devreme?

– La țărăncuța aia urâțică și dolofană care stă acolo în colț și se uită la cei care dansează.

– Tocmai ea ți-a atras atenția?

– De fapt, nu. Blonda cu care vorbește e superbă. Poate aș fi încercat să o cuceresc, dacă nu era misiunea asta, dar așa, cred că țărăncuța aia o să fie aleasa mea. Cine e?

– Fiica baronetului Bright din Norfolk. Are douăzeci și trei de ani. Își face debutul prima oară. Cum e singurul copil la părinți, iar tatăl său e bolnav, contesa Penrose care îi e mătușă vrea să o mărite cât mai repede posibil. Am auzit că încearcă să-l convingă pe lordul Edelweiss.

– Nu am auzit de tatăl ei. Dar tu cum de știi atâtea despre ea? Bănuiesc că nu ți-a zis chiar ea de lucrurile astea deloc măgulitoare la adresa ei.

– M-am întâlnit zilele trecute pe strada Bond cu

doamna Sweetpea şi ea mi-a povestit, aşa că am încercat să aflu mai multe, de curiozitate. Sigur, nu a dat nume, dar acum îmi e clar despre cine vorbea. Spunea că e o anume fată bătrână, care nu are pic de simţ estetic, pe lângă faptul că nu e frumoasă şi că mătuşa ei nu prea are şanse să convingă pe niciun domn din lumea bună să o ia de soţie. Până şi eu văd că fata e o ţărăncuţă venită de curând în oraş şi că manierele ei lasă de dorit. De fiecare dată când îi vorbeşte cineva, ea se înroşeşte la faţă şi dă numai din cap. Nu discută cu nimeni... Mie îmi face impresia că e cam săracă cu duhul.

– Aşadar, e ca şi cum m-ai încuraja să o aleg pe ea, pentru că nimeni nu-i va duce lipsa, în afară de tatăl ei bolnav, care e pe ducă. Fie!

Willem se decise. Fără să mai stea pe gânduri, se duse spre locul unde stătea ea, alături de superba domnişoară Sweetpea. Blondina se arătă de-a dreptul mirată, căci îl urmărise cu privirea pe bărbatul acela înalt, cu zâmbet strălucitor de cum intrase în sala balului, aşteptând nerăbdătoare invitaţia lui la dans, şi îi zâmbi chiar înainte de a intra el în vorbă cu ele. La cât se plimbase prin faţa lui, era imposibil ca acesta să fi rămas imun la farmecele ei. Ochii lui de un verde-închis o priveau cu nesaţ, admirând-o din cap până-n picioare. Elena îi întinse mâna încântată, iar el i-o sărută, dar întorcându-se apoi spre Joanne.

– Domnişoară Bright, îmi acordaţi următorul dans? o întrebă pe un ton seducător, aruncându-i un zâmbet răvăşitor.

Ea îl privi mirată, cu nişte ochi căprui mari ca de căprioară speriată, de parcă vedea pentru prima oară un om în viaţa ei. Se înroşi la faţă ca macul şi dădu din cap în semn că îi accepta invitaţia. De la distanţă, bărbatul o văzuse grăsuță, dar de aproape, fata nu era înaltă, abia îi ajungea la piept, iar silueta ei cu forme pline era chiar grațioasă. Roşeața din obraji îi persistă pe tot parcursul dansului. Joanne nu îi privi nici măcar o clipă fața, iar la întrebările lui, ea răspundea monosilabic sau murmura ceva imperceptibil ca pentru sine. Willem nu se simțea deloc în largul lui în prezența ei, iar spusele prietenului său când o descrisese ca fiind prostuță le luă drept adevărate. Ducele o găsea complet dezagreabilă. Nu fusese înzestrată nici cu frumusețe, nici cu istețime. Înțelegea de ce lady Penrose voia să-l scape pe baronetul Bright de o asemenea povară. Până la urmă nu află nimic în plus față de ce îi povestise Ambrose, deşi el se prezentase şi îi turnase o minciună cum că din toată sala doar ea îi atrăsese atenția, la care fata nu reacționă în niciun fel. Totuşi, o lăudă pentru eleganța mişcărilor ei şi îi mai ceru un dans.

– Domnule Starlight, şopti ea timid când valsul se termină, dovedindu-i că nu era surdă şi că îi reținuse numele, n-ați dori să dansați cu draga mea prietenă, domnişoara Sweetpea? Eu sunt... ăă... puțin obosită... acum, dar dacă încă mai doriți să dansați cu mine după aceea... adică după ce dansați cu scumpa domnişoară Sweetpea... voi accepta bucuroasă.

Willem îi zâmbi înțelegător, dar Joanne se tot încăpățâna să privească în jos, la modelele de pe podea. Şi-ar fi dorit să-i ridice bărbia ca să o forțeze să-l privească, însă un asemenea gest de la un necunoscut ar fi speriat-o şi l-ar fi evitat pe viitor. Bărbatul se întrebă în treacăt dacă nu cumva fata nu era interesată de el. Pe moment, o ascultă şi o invită la dans pe Elena, blondina care îi atrăsese atenția oricum.

Joanne respiră uşurată când se aşeză la locul ei, de unde îi putea privi în voie pe Elena şi ducele de Starlight. Ducele acela arătos îi făcuse inima să bată periculos de repede. Înalt de peste 1,80 şi umeri lați se mişca precum o felină. Îi simțise căldura mâinilor chiar şi prin mănuşile subțiri. De ce o invitase tocmai pe ea, când Elena stătea alături? Era imposibil ca tocmai ea să-i fi atras atenția. Unele domnişoare se uitau cu ciudă în direcția ei, ceea ce o făcu să se simtă şi mai prost. Lady Penrose veni însoțită de lordul Edelweiss, care o invită şi el la dans. Mătuşa îi făcu semn să accepte numaidecât, cu toate că, la o primă vedere, statura solidă şi figura severă a acestuia o înspăimântară, mai ales cicatricea de pe obrazul stâng. Totuşi, observă că putea discuta cu el liniştită, fără emoții.

– Am observat că ducele de Starlight a dansat cu domnia ta, zise lordul Edelweiss dezaprobator. Un dans e potrivit la un bal, dar când iese el în societate se lasă mereu cu scandal şi lacrimi. Conştiința fără scrupule îi serveşte doar la ruinarea altora. Dacă se mai întâmplă să vă atragă atenția, cu cea mai sinceră grijă vă sfătuiesc să nu-l încurajați prea mult, altfel va considera că îi aparțineți deja.

– Mulțumesc pentru sfat, milord, însă categoric nu eu i-am atras atenția infamului duce, ci Elena Sweetpea. Voia să danseze cu ea de prima oară, numai că probabil i s-a făcut milă de mine şi a considerat că-mi face o favoare invitându-mă la vals.

Willem avea deja o mare considerație pentru partenera lui de dans. Putea întreține uşor conversația cu domnişoara Sweetpea tocmai pentru că ea nu se sfia deloc să-i răspundă, însă observă curând cât de încrezătoare era Elena în farmecele ei, deşi se dovedea narcisistă, atitudinea ei încrezătoare nu îl deranja. Într-adevăr, ar fi putut uşor s-o iubească pe fata aceea, dacă nu ar fi fost de acord cu planul lui Ambrose de a-i folosi soția pe post de momeală. Nu, trebuia să rămână la Joanne Bright, apoi, după moartea ei, s-ar fi putut recăsători din dragoste sau întoarce la viața de burlac libertin. Cu părere de rău îi dădu drumul blondinei şi se întoarse din nou la țărăncuța prostuță, doar ca s-o vadă dansând cu bătrânul lord Edelweiss. *Ce naiba?* se gândi el. *De ce discută aşa aprins cu ăla, dar nu şi cu mine? Oare o fi interesată de el? Poate trebuia să-i acord mai multe complimente.* Totuşi, ducele de Starlight nu renunță la planul său, aşa că o invită a doua oară la dans, întrebându-se de ce nu se îndura să o lase să îi scape.

– Milord, vorbi Joanne clar pentru prima oară, ați dori să aflați mai multe despre domnişoara Sweetpea?

– De ce mă întrebați aşa ceva?

– Pentru că mi s-a părut că vă înțelegeați foarte bine în timpul dansului şi credeam că... după ce am spus că suntem prietene... poate ați vrea să vă ajut să o cuceriți?

Bărbatul o privi mut câteva clipe. Nu se aşteptase la o asemenea replică din partea unei țărăncuțe. Oare atitudinea lui față de Elena fusese prea transparentă sau spiritul de observație al domnişoarei Bright era ciudat de dezvoltat pentru o persoană catalogată drept „săracă cu duhul" de Ambrose?

– Iertați-mă dacă v-am jignit în vreun fel! surâse ea sardonic, uitându-se drept în ochii lui de prădător feroce, de parcă scăpase în mod miraculos de jena aceea feciorelnică menită să inducă în eroare pe oricine. Nu e ca şi cum aveți nevoie de sfaturile mele pentru a cuceri o domnişoară, dimpotrivă... eu... dumneavostră şi domnişoara Sweetpea aţi face o pereche deosebit de frumoasă şi cred că aţi fi fericiţi împreună, iar dacă îmi stă în puteri aş vrea să vă ajut.

– Chiar atât de puţin vă interesez? Credeam că intenţiile mele sunt evidente când v-am invitat a doua oară la dans. Îmi răniţi sentimentele abia înfiripate şi mă descurajaţi înainte să-mi acordaţi o şansă.

– Serios? Adică, nu că nu am încredere, doar că nu vă pot citi gândurile, milord. Ca să nu vă înţeleg greşit gesturile, aş prefera să-mi spuneţi clar care vă sunt intenţiile, altfel s-ar putea să nu primiţi un răspuns favorabil.

– Planul meu e să vă fac să vă căsătoriţi cu mine, scumpă domnişoară! spuse el zâmbind, ducându-i mâna la buze şi sărutând-o mai mult decât era necesar.

Obrajii lui Joanne căpătară din nou nuanţa bujorilor, în timp ce-l privea năucită retrăgându-se de la bal.

# CAPITOLUL 5

Joanne încerca să nu se mai gândească la ducele de Starlight. Abordarea lui i se păruse de-a dreptul ciudată şi clar nu o convinseseră vorbele lui goale sau discuţiile mătuşii cu privire la faptul că îl făcuse să se îndrăgostească de ea. După terminarea balului, carneţelul ei conţinea doar două nume, anume Willem de Starlight şi George Edelweiss.

– Draga mea, vorbea lady Penrose întruna, ca şi cum nu-i venea să creadă că nepoata ei chiar atrăsese atenţia la bal, sunt aşa fericită, că nu am stare deloc. Abia aştept următorul bal la care, spre surprinderea mea, am fost invitate, deşi nu credeam că va veni aşa curând. Şi sper că ştii că asta se datorează atenţiei ducelui de Starlight din ziua precedentă. Cei care erau în jurul vostru au auzit clar ultimele lui cuvinte înainte de a pleca din sală. Oh, sunt aşa emoţionată! Ducele nu a participat la astfel de baluri de câţiva ani.

– Atunci de ce a făcut-o tocmai acum?

– Contează? Poate s-a hotărât în sfârşit să se însoare. Iar tu ai fost singura pe care a pus ochii.

– Mai era şi Elena cu mine. Dintre toate acele domnişoare splendide care roiau în jurul lui, de ce m-ar fi ales pe mine? E clar că...

– Ce e clar? Joanne, ar trebui să te bucuri şi tu. Omul

ăla e incredibil de bogat, frumos, elegant, cu alte cuvinte, perfect, iar tu îți bați capul cu motivele pentru care te-a ales? Ştii şi tu că nu ai o avere mare, nu eşti... eşti opusul lui în toate privințele, iar la vârsta ta ar trebui să laşi deoparte pretențiile. Domnişoare mai răsărite decât tine nu au o astfel de şansă în toată viața lor.

– Lady Penrose, chiar nu vreau să arăt în vreun fel că sunt nerecunoscătoare, doar că am îndoielile mele cu privire la motivele pentru care i-am atras atenția.

– Desigur, circulă multe zvonuri defăimătoare despre el, însă majoritatea sunt pure invenții ale femeilor respinse. Cum ar fi bârfa aia ce îl plasa la nu ştiu ce orgie, iar el nici nu era în țară atunci. Chestia e că nimeni nu l-a văzut să facă asemenea avansuri vreodată în public, până la tine.

Cum lady Penrose insista să o aducă pe calea cea bună, adică să o facă să vadă lucrurile din punctul ei de vedere, Joanne o lăsă cu gândurile ei, scăpând mai repede de bătăile de cap. În camera ei nu găsi mare lucru de făcut, aşa că se apucă să scrie nişte poveşti. Olivia îşi luase lucrul de mână, dar evident că nu se gândea decât la ducele Willem.

– Domnişoară Bright, chiar vă e aşa de greu să credeți că un bărbat ar putea fi interesat de dumneavoastră?

– Sigur că nu, Olivia, dar venind din partea lordului Starlight îmi trezeşte suspiciunile. A dansat cu Elena şi am văzut ce bine se înțelegeau şi cum se bucurau unul de compania celuilalt. Despre ei pot spune că formează un cuplu minunat. Ducele sigur a observat-o dinainte la cât s-a fâțâit prin fața lui.

– Dar tocmai mi-ați povestit că domnişoara Sweetpea venise mai devreme la bal şi că el era deja acolo, dar nu o invitase la dans înainte, doar după ce ați insistat pe lângă el.

Eu zic că vă place și sigur vă va cere în căsătorie în curând. Și-a declarat intențiile în public, așadar se va ține de cuvânt.

– Olivia, când te duci după rochiile mele de la croitoreasa mătușii, încearcă să afli mai multe despre lordul Starlight. Ce zvonuri au circulat pe seama lui, dacă au fost bârfe mușamalizate... Orice!

– Domnișoară, te comporți de parcă ar fi o crimă ca ducele să fie îndrăgostit de tine!

– Nu, doar că nu am simțit că ar fi sincer în totalitate. Nu e îndrăgostit. Nici nu știe ce e aia dragoste. Mă rog, nu cea la care visează o femeie.

Joanne tot nu scăpa de incertitudini, indiferent câte motive raționale îi aducea Olivia, uneori și lady Penrose. Mătușa o invită să o însoțească la teatru, ceea ce acceptă cu bucurie, dându-i ocazia să uite de zâmbetul strălucitor al lordului Starlight, cel puțin pentru câteva ore.

Fata nu mai văzuse asemenea mulțime de oameni adunată la un loc. Erau mai mulți decât la balul de ieri. Piesa o interesa, dar lady Penrose și doamna Brown discutau lângă ea de parcă nu se mai întâlniseră de câțiva ani. Culmea, ea era subiectul lor preferat.

– M-am mirat mult când l-am văzut la bal pe lordul Starlight, șoptea prietena mătușii din spatele evantaiului. Cred că mama lui a avut un rol important în participarea lui la acel eveniment. Totuși, dintre toate domnișoarele pe care ar fi putut să le aleagă, când s-a îndreptat spre ele, aș fi putut băga mâna în foc că voia s-o aleagă pe Elena Sweetpea. Închipuie-ți mirarea mea când a invitat-o pe nepoata ta. Am stat în preajma domnișoarelor și le-am auzit discuțiile. Îți dai seama câte inimi a frânt ducele Starlight? Bietele fete!

– Cum adică bietele fete? sări mătușa ei ofensată.

Lordul Starlight a ales-o pe cea care i-a plăcut, pe Joanne. Consider că a făcut o alegere înțeleaptă. Crezi că altele merită mai mult atenția unui bărbat doar pentru că se fâțâie prin fața lui în cele mai bune haine ale lor? Nepoata mea nu purta vreo rochie la modă şi nici nu are vreo zestre impresionantă. Din asta reiese că ducele nu e interesat de averea ei, ci de ea însăşi.

— Îmi pare rău dacă v-am jignit în vreun fel, lady Penrose! Nu voiam să spun că Joanne ar fi mai prejos decât celelalte candidate, doar mi-am exprimat opinia că alegerea ducelui e foarte neobişnuită. Ştii şi dumneata ce zvonuri umblaseră cu doar un an în urmă...

— Hai să încheiem discuția! o atenționă mătuşa, trăgând cu ochiul la Joanne, care asculta cu sufletul la gură.

Domnişoara Bright fu dezamăgită să nu afle tocmai despre subiectul ce o interesa. Oamenii încă îşi aminteau bârfele, doar că nu erau dispuşi să le împărtăşească aşa uşor, iar cu mătuşa ei prin preajmă, şansele scădeau dramatic. La un moment dat, îşi îndreptă privirea spre lojele de alături, descoperind că bărbatul cu care dansase o urmărea insistent. Ducele Willem de Starlight venise la teatru şi clar nu-l interesa piesa. Joanne se prefăcu că nu-l observase, dar îi simțea privirea arzătoare îndreptată asupra ei. Fu uşurată la terminarea piesei. Voia să meargă acasă. Din nefericire, tocmai la plecare, în timp ce lady Penrose se întâlnise cu o cunoştință, bărbatul o aşteptă în fața teatrului. Fata nu se putu ascunde rapid, astfel că el veni să-i aducă omagiile cuvenite.

— Domnişoară Bright, nu mă aşteptam să mă încântați cu prezența dumneavoastră sublimă în seara asta şi aşteptam cu nerăbdare următorul bal la care să vă întâlnesc. Trebuie să mărturisesc că imediat ce v-am observat, piesa nu a mai contat deloc. Arătați minunat!

– Milord, cu toată sinceritatea vă spun că atenția dumneavoastră frânge inimile multor tinere, îl repezi ea cu duritate, sătulă de linguşelile fără perdea.

– Intenția mea e să vă cuceresc inima, indiferent cât de crud li s-ar părea asta altor domnişoare, răspunse el, zâmbind încrezător.

– O seară frumoasă vă doresc, milord! spuse Joanne supărată de atitudinea agasantului duce, urcându-se în trăsură, urmată imediat de lady Penrose care stătuse deoparte până atunci, tocmai ca să le permită să converseze în voie.

Willem rămase abătut după plecarea tinerei. Nu i se mai întâmplase ca o femeie să-l trateze cu atâta răceală. *Nu sunt suficient de bun pentru ea? reflectă el cu năduf. Am impresia că mă evită sau ceva nu-i convine. Se lasă greu? Dacă renunț acum la ea, ar arăta cât de superficiale îmi sunt sentimentele. La naiba! E în regulă totuşi, e doar puțin mai dificil! Jur că va fi a mea! Afurisita aia mică nu va scăpa!* Se duse apoi la conacul lui, făcându-şi planuri de cucerire. Ochii ei căprui sfidători îl scoteau din minți. Acum era ceva personal. Trebuia să i-o plătească țărăncuței. Nu mai întâmpinase o asemenea rezistență la vreo femeie şi tocmai cea pe care nu ar fi abordat-o în mod normal şi ar fi trebuit să fie o pradă uşoară, se juca cu răbdarea lui şi nu se lăsa sedusă.

# CAPITOLUL 6

Willem de Starlight nu dormise toată noaptea. Încă stătea la birou, încruntându-se la tavan. Gândurile îi zburaseră la domnişoara Bright care îi arătase că nu era interesată de el, găsind tot felul de motive să o urască, de la felul în care arăta, până la personalitatea dezagreabilă. Da, dacă o lua de soţie, atunci după răpirea şi moartea ei nu avea să se simtă vinovat prea mult şi clar nu ar fi fost în pericol să simtă dragoste sau prietenie faţă de ea. Cu puţin noroc, misiunea urma să se termine repede şi poate, după perioada de doliu, ar fi putut participa la sezonul următor cu speranţa că domnişoara Sweetpea mai era disponibilă, dacă nu, oricum avea de unde alege.

– Dragule, te văd pierdut în gânduri! spuse o voce deodată, dându-şi seama că se mai afla cineva în cameră.

Femeia îl cerceta cu nişte ochi verzi pătrunzători, puşi în evidenţă de rochia verde ca smaraldul. Părul blond bogat îi fusese aranjat într-un coc elegant, de unde câteva bucle mici i se revărsau pe gât. Ducesa avea aproape cincizeci de ani, dar abia dacă i s-ar fi dat cu indulgenţă treizeci. Fiul ei îi semăna întru totul la înfăţişare, însă nu preluase mai nimic din firea ei liniştită.

– Mamă, nu te-am auzit sau văzut când ai intrat.

– Evident, dar nu te învinovăţesc. Îmi place mult

expresia ta visătoare şi de câteva zile oamenii te pomenesc la tot pasul, dar de data asta mă bucură că nu e vreun scandal legat de vreo amantă. Sunt chiar curioasă cine e această domnişoară care te-a adus într-o asemenea stare. De ce nu m-ai anunțat că te-ai decis să te căsătoreşti?

— Nici eu nu ştiam că mă voi însura până în urmă cu patru zile. N-am plănuit asta intenționat.

— Dragostea e imprevizibilă, dragule.

— E ciudat că tocmai tu îmi vorbeşti despre dragoste, mamă.

— Willem... l-am iubit pe tatăl tău, în ciuda aventurilor lui. M-a făcut să sufăr mult şi nici după moartea lui nu am reuşit să îl iert cu totul. Nu m-am plâns niciodată că inima lui nu mi-a aparținut. Tu ai fost mereu de partea mea, aşa că m-am considerat cea mai norocoasă femeie.

— Iartă-mă, mamă! spuse Willem, ridicându-se de la birou şi venind lângă ea. Nu am vrut să te rănesc.

— Nu m-ai rănit. Nu încerc să îngrop faptele, doar că le-am acceptat pur şi simplu, crezând că sunt puternică... Dragule, dar nu am venit aici ca să vorbim despre zilele tinereții mele, ci despre domnişoara care ți-a furat inima. Povesteşte-mi despre ea!

Willem nu se îndură să-i spună adevărul. Mama lui s-ar fi opus din toate puterile să-l facă să se răzgândească.

— E o ță... fată... interesantă...

— Asta-i tot? Nu-ți stă în fie să nu-ți găseşti cuvintele, dar nu te-am mai văzut niciodată aşa, deci nu o să insist. Abia ai cunoscut-o, de aceea ar fi greşit să te întreb cum e fata. Dar clar voi merge la balul de mai târziu. Descrie-mi cum arată ca să o recunosc! Cine sunt părinții ei?

— Tatăl ei e un mic baronet din Norfolk. Din ce am

înțeles, mama i-a murit când ar fi trebuit să-şi facă debutul, apoi a rămas să aibă grijă de domnul Bright. Are douăzeci şi trei de ani... e brunetă, mică de statură... sigur ți-o vor arăta doamnele. Descrierea mea s-ar putea să nu coincidă deloc cu realitatea... E mai bine să îți faci singură o părere despre... aleasa inimii mele.

Ducesa nu luă în seamă pauzele la care stagnase fiul ei. Le puse pe seama emoțiilor, însă află imediat ce ajunse la bal de fata în cauză. Înfățişarea lui Joanne nu o impresionă deloc, dar nu era o femeie care să plece urechea la toate bârfele şi să le ia drept adevărate sau să se ghideze după aparențe. Nici nu fu nevoie să meargă să se prezinte ea, căci lady Penrose aproape o târî pe domnişoara Bright ca s-o facă să-şi prezinte omagiile cuvenite.

– E o onoare să vă întâlnesc, lady Starlight! spuse fata pe un ton tremurător, înroşindu-se la față şi făcând o plecăciune cam stângace.

Ducesa o invită să o însoțească la o plimbare prin grădina şi sera gazdelor balului. Erau singure, iar o bună bucată de drum, niciuna nu scoase o vorbă. Invitații erau mult mai preocupați de muzică şi dans decât de flori, aşa că rareori se mai zărea cineva colindând pe acolo. Se aşezară pe o băncuță de lângă o tufă de trandafiri albi.

– Ce vreme plăcută! începu ducesa, urmărindu-i reacțiile lui Joanne.

– Într-adevăr!

– Am auzit că ți-ai petrecut toată viața la țară.

– Da, probabil ați observat acest lucru imediat ce m-ați văzut. Nu scapă nimănui. Dacă manierele mele lasă impresia unei proaste creşteri, vă rog să mă iertați şi să mă considerați responsabilă doar pe mine.

– Ești foarte directă.

– Nu mă pricep la conversații elaborate care să facă plăcere interlocutorului și să-i mențină interesul. Sunt o persoană plictisitoare, de aceea prefer să ascult în loc să vorbesc.

– Aveți o părere așa proastă despre dumneavoastră, încât vă numiți plictisitoare? Cei mai plictisitori oameni pe care îi cunosc li se par fascinanți altora. Când spuneți că sunteți anostă, aici cred că e strict părerea dumitale.

– Tot ce e posibil. Afirm asta mai mult din ce am observat de când am venit în oraș. Milady, dorința aceasta a domniei tale de a ne plimba are vreo legătură cu anumite lucruri pe care ați vrea să le aflați cu privire la zvonurile care circulă despre fiul dumneavoastră?

Ducesa râse. Fata aceea era foarte directă. De obicei, ca să afle ce voia de la oameni, i-ar fi trebuit răbdarea de a-i îndura la mai multe întâlniri, dar Joanne nu se ascundea deloc. Îi răspundea cu sinceritate la întrebări nerostite.

– Fiul meu avea dreptate, chiar ești o persoană interesantă. Ce crezi despre el? Îți surâde ideea căsătoriei cu el?

– Cred că e mai mult decât merit. Cunosc o domnișoară care îl stimează foarte mult și chiar a dansat cu dânsa la balul trecut. Să nu gândiți cumva că spun asta fie ca să mă asigurați de contrariu, fie că îl consider pe fiul dumneavoastră a fi mai prejos de așteptările mele. Pur și simplu, mi s-a părut că se înțeleg foarte bine, iar eu nu vreau să stau în calea fericirii lor. Dacă lordul Starlight e de aceeași părere, dar nu simte că își poate retrage cuvintele din acea seară, vă rog să îl asigurați că totul e în regulă și că nu sunt ofensată.

— Domnişoară Bright, felul în care te retragi din faţa unei posibile căsătorii mă face să cred că aveţi un anume secret... Aţi fost cumva promisă altcuiva?

— Nu, milady. Când am venit în Londra, chiar mătuşa mea mi-a spus să nu-mi fac mari speranţe. Ea a convenit cu lordul Edelweiss... Nu vă doriţi o parteneră... mai potrivită pentru fiul dumneavoastră? De exemplu, domnişoara Elena Sweetpea.

— Nu-mi dau seama dacă eşti mult prea altruistă sau doar eşti hotărâtă să te împaci cu gândul că dacă ai trecut de douăzeci de ani, nu ai de ales decât cererea în căsătorie a unui bătrân. Domnişoara Sweetpea nu duce lipsă de admiratori. Iar eu nu sunt în măsura în care să decid ce e potrivit pentru Willem. Dar înainte de a-l refuza din motive pe care eu nu le văd, dacă l-ai cunoaşte mai bine, sigur i-ai da o şansă. Acum, ce-ar fi să ne întoarcem la bal? Cineva sigur e dornic să danseze cu tine.

— Dacă nu vă e cu supărare, aş prefera să mai rămân aici puţin. Atmosfera dinăuntru e sufocantă.

Ducele de Starlight sosise şi el la bal, căutând-o imediat pe Joanne. La câteva minute însă, cineva se împinse uşor în umărul lui şi constată că era fix domnişoara Sweetpea. Purta o rochie la fel de albastră ca ochii ei şi părul aranjat în bucle rebele cu mici perluţe pe alocuri.

— Lord Starlight, îmi cer iertare! rosti ea zâmbitoare. Eram cam plină de zel să ajung lângă mama şi nu am fost atentă. Mă pot revanşa cu un dans sau cu două?

Bărbatul acceptă oferta ei generoasă doar ca să nu o facă să se simtă jignită. Ca de obicei, Elena afişa o încredere debordantă. În timpul dansului, ea deschise liniştită subiectul despre Joanne.

– Am auzit că oamenii vorbesc despre interesul pe care i l-ați acordat domnișoarei Bright. Le-am spus că sunt încântată că ați făcut așa, pentru că nimeni nu voia să danseze cu ea, iar Joanne își face debutul pentru prima oară la douăzeci și trei de ani și cred că ar fi fost tare descurajată dacă nu o băga nimeni în seamă.

– Credeam că sunteți bune prietene, răspunse Willem pe un ton glacial. Ea vorbește cu mare admirație despre dumneavoastră.

– Da, eu nu o consider așa apropiată, pentru că abia am vorbit cu ea de cel mult două ori. Drept să vă spun, nu am rămas cu o impresie prea bună. Manierele ei sunt deplorabile... Felul în care vorbește nu e mai prejos decât al unei vânzătoare din piață. În fine, trebuie să fim mai înțelegători cu cei mai puțin norocoși decât noi. Din ce am discutat cu lady Penrose, am înțeles că lordul Edelweiss e dispus să-i ceară mâna ca să îl scape pe bătrânul ei tată de povară, deși nu ar câștiga nimic de pe urma acestui mariaj, nici măcar o zestre acceptabilă. Nu considerați că e un gest nobil din partea contelui?

Willem se mira cum de Joanne se gândise așa mult la fericirea unei persoane abia întâlnite, ca domnișoara Sweetpea, iar aceasta nu-i arăta nici urmă de respect, punând-o într-o lumină defavorabilă și comentând ca și cum faptul că venea de la țară o făcea în vreun fel inferioară altor ființe umane pe domnișoara Bright. Cumva, frumusețea care o înconjura pe Elena își cam pierduse brusc din strălucire, dar oare nu avea dreptate? Până și el o alesese pe Joanne doar pentru că era de părere că nu ar fi deloc o mare pierdere sacrificarea ei. Totuși, îl cam deranjau vorbele urâte la adresa ei, pentru că datorită acelei fete, urmau să fie salvate altele de la o soartă crudă. *Şi ce naiba caută bătrânul ăla de Edelweiss?* îşi spuse bărbatul furios. *Ar trebui să am şanse împotriva lui. E evident că o fată normală m-ar alege pe mine în locul lui, dar cu ţărăncuţa aia nu pot fi sigur... Cum s-o fac să se mărite cu mine? De fapt, nu contează aşa mult ce vrea ea, dacă mă prezint drept pretendentul ei, familia îşi va da acordul şi Joanne nu va putea face nimic. Nu ar refuza înrudirea cu un duce. Aşa! Chiar nu am motive de îngrijorare!*

Dansul se termină şi Elena aştepta încă unul cu Willem, dar acesta se pierdu în mulţime imediat ce-şi luă ochii de pe el, tocmai când intră în salon ducesa de Starlight. Bărbatul sărută mâna mamei sale şi aceasta îi şopti imediat unde o lăsase pe Joanne şi menţionă că era singură. Aproape fugi printre straturile cu flori, până o zări pe o băncuţă ferită privirii de o tufă enormă de trandafiri albi. Fata avea o expresie misterioasă. Se aşeză alături de ea.

– Aţi întâlnit-o pe mama.

– Da, e o doamnă minunată, rosti ea luată prin surprindere de apariţia lui bruscă.

– Mulţumesc. Aveţi mare dreptate. Şi... v-aţi mai gândit la propunerea mea? Îmi faceţi onoarea de a-mi deveni soţie?

– Sunteţi sigur? Nu v-aţi răzgândit? Nu veţi regreta decizia? Vă dau şansa de a vă retrage. Profitaţi de...

Nu îşi termină ideea că el se repezi flămând asupra buzelor ei. Fetei i se aprinseră obrajii ca bujorii, încremenind şi uitând să respire. Conştient de efectul pe care îl avea asupra ei, îşi desprinse buzele de ale ei, lăsând-o să înţeleagă ceea ce tocmai se petrecuse.

– Sunt absolut sigur, îi şopti el cu blândeţe. Nu m-am răzgândit şi nu regret. Vreau să-mi fiţi soţie!

Joanne îi trase o palmă, apoi își duse speriată mâinile la gură.

– Iertați-mă, milord! îngăimă ea cu glas tremurător, aproape plângând. Din greșeală mi-a alunecat palma pe obrazul dumneavoastră. Îmi pare rău!

Îi luă mult lui Willem să se dezmeticească. O furie mocnită i se dezlănțui în suflet. *Cum a îndrăznit?! Are tupeu țărăncuța. Până aici, fetițo! M-am jucat destul de-a curtatul.* Nu știa cum să reacționeze, fie s-o scuture puțin ca să îi dea motive de plâns, fie să o sărute din nou până își dădea duhul în brațele lui, și înclina spre a doua variantă.

– Deci acesta vă e răspunsul? șopti el, controlându-și cu greu mânia.

– Nu, asta a fost pentru că ați luat ceva ce nu vă aparține... încă. Cât despre întrebarea de adineaori...

Joanne îi cuprinse fața în mâini, ridicându-se puțin ca să-l sărute pe obraz, în locul în care îl lovise, apoi îl sărută scurt pe buze și se retrase rușinată de îndrăzneala ei la marginea băncuței, roșie până în vârful urechilor.

Willem zâmbi, trăgând-o în brațele lui, mai mult decât fericit de dulcele răspuns al fetei. Toată furia lui se topi într-o clipă. Se bucura cu adevărat, deși pe moment uită complet scopul acelei căsătorii.

# CAPITOLUL 7

Willem de Starlight dădu ordinele pentru pregătirea nunții, aşa că în două săptămâni totul fu rezolvat. Desigur, lumea iar născocea motive de nemulțumire. Toată graba aceea era pusă pe seama vreunei necinstiri a fetei, cu toate că ziceau asta şi când ea îl refuzase. Sau îl amenințase cu ceva. Orice ar fi fost, doamnele tot găseau ceva de comentat când luau masa împreună. Multe nu îşi ascundeau deloc invidia şi antipatia. *Ce neruşinată! spuneau unele. S-o fi văzut cum se agăța de el în grădină, mai rău decât o curtezană de rând! Bietul duce!* Asemenea bârfe de salon chiar îl înfuriară pe Willem, zicându-şi că dacă ar fi ştiut caracterul şi răutatea lor dinainte, cu siguranță nu ar fi ales-o cu atâta încăpățânare pe Joanne. Lui nu-i păsa ce credeau alții, însă domnişoara Bright era destul de afectată. Nu era obişnuită să fie vorbită pe la spate.

De două ori se întâlnise cu Ambrose ca din întâmplare în parc, iar contele îi relată ce mai descoperise la cazul femeilor răpite pentru răscumpărare. Asta se întâmplase cu o zi înainte de nuntă şi Joanne ieşise împreună cu mătuşa ei la plimbare. Bărbatul nu o observase decât mai târziu, după plecarea lui Ambrose, dar fata se uita țintă la el şi bănuia că poate o supărase că nu o observase mai devreme. Joanne îi zâmbi distant şi merse acasă cu lady Penrose, fără să aştepte ca el să îi vorbească. În acele două săptămâni, nu reuşise să petreacă niciodată puțin timp singur cu viitoarea lui soție, ceea ce îl făcea să o bănuiască pe fată că iar îl evita intenționat. Considera că e mai bine să nu ajungă să o cunoască mai mult decât era necesar. Nu voia să se ataşeze cumva de ea. Îl înspăimânta perspectiva unei bune înțelegeri cu țărăncuța, plus că dacă venea de la țară, sigur era plictisitoare şi înapoiată.

În biserică nu aveai loc să arunci un ac. Oamenii se îngrămădiseră acolo special pentru mireasa lui. Rochia ei albă cu trandafiri atrăgea privirile femeilor, şi deşi Willem nu considera că e atrăgătoare, îl cam deranjară ocheadele bărbaților care stăruiau insistent asupra soției lui. Joanne nu era atentă la nimic în jurul ei. Emoțiile o copleşeau şi îi tremurau mâinile şi genunchii. Voia să fie singură şi cât mai departe de Willem. Ar fi plâns, dar un asemenea gest i-ar fi trădat slăbiciunea. Tatăl ei nu putuse veni la nuntă. Îi scrisese că are binecuvântarea lui, dar în Norfolk trebuia să se ocupe de treburi urgente, iar din asta Joanne înțelesese că starea sănătății lui se înrăutățise. Măcar o avea pe Olivia de partea ei, dar nici chiar ea nu putea rămâne în noaptea nunții.

Ducele îi lăsă puțin timp să se pregătească. Nici el nu ştia ce să facă. Bătea camera în stânga şi-n dreapta fără astâmpăr. *E soția mea... Oh, Doamne! E soția mea! îşi spunea el. Trebuie să mă asigur că nu mă ataşez de țărăncuța aia! Dar cum naiba să nu fac asta dacă e de datoria mea să mă culc cu ea? De fapt, nu e aşa greu. N-am fost îndrăgostit niciodată şi clar nu mi se poate întâmpla de acum. Am cunoscut femei frumoase şi nu am avut emoții. Categoric nu voi simți nimic cu țărăncuța! Nici n-am chef să o inițiez în... Bănuiesc că nu o să fiu întâmpinat cu o criză de isterie şi bocete. Poate ar fi mai bine totuşi, că aşa mi-ar da motiv să nu mă mai ating de ea vreodată! Aş putea să nu merg la ea în noaptea asta... Nu, trebuie să merg. Un gentleman nu dă înapoi în fața niciunui pericol!*

Ca să mai prindă curaj, Willem bău două pahare de vin din carafa de pe masă. Probabil servitorii o puseseră acolo special pentru tinerii miri, însă ducele nu se gândea să împartă băutura. Intră în camera Joannei. Încăperea mirosea a crin şi iasomie şi parcă pluteau în aer nişte firicele de fum. Ea stătea întinsă pe pat şi îl invită timidă să intre. Bărbatul se dezbrăcă de cămaşă într-un mod brutal, crezând că aşa o va intimida pe fată şi o va face să dea înapoi şi să-l implore să o lase în pace că nu e pregătită. Îi lăsă şi vreo trei minute ca să proceseze țărăncuța care îi erau intențiile, dar ea doar clipi de câteva ori şi nu spuse nimic, ba chiar buzele i se strânseră uşor ca şi cum se chinuia să-şi păstreze o expresie serioasă. Ducele bănuia că băuse prea mult, de vreme ce se cam clătina şi vedea oarecum în ceață. Reuşi să-şi dea jos pantalonii şi să se urce în pat.

– Joanne! începu el şi-i cuprinse brusc sânii, cu toate că îi țintise umerii.

Gestul lui o luă prin surprindere şi o făcu să-i scape un scâncet uşor, dar tot nu se retrase, ci începu să-l mângâie uşor pe cap, ca pe un copil. Parfumul acela îl făcea cam somnoros. Uitase ce voia să spună. Nici gândurile nu îi mai erau coerente. Se simțea de parcă plutea pe nori. Îi plăcea senzația.

Joanne aşteptă încă vreo câteva minute ca să se asigure că adormise, apoi îl dădu la o parte. Îl înveli şi se dădu jos din pat, culegându-i hainele şi aşezându-le pe un scaun. Se duse apoi să cerceteze imensul conac. Avea la dispoziție toată noaptea să verifice camerele una după alta, dar pe ea o interesa biroul ducelui. Acolo ar fi ținut lucrurile cele mai importante. Olivia o înștiințase în ce parte erau camerele servitorilor, așa că se concentră pe celelalte, deși era ușor de observat care încăpere era destinată exlusiv ducelui. Ușile masive fuseseră închise, însă Joanne nu avea nevoie de o cheie ca să le deschidă, atâta timp cât avea niște ace și agrafe de păr.

Înainte să atingă ceva, privi cu atenție în jur, memorând poziția exactă a fiecărui lucru în parte. Willem era ordonat, iar dacă obiectele sau hârtiile de pe birou nu se aflau în același loc, cu siguranță și-ar fi dat seama că cineva umblase pe acolo în lipsa lui. Din păcate nu găsi nimic neobișnuit, așa că trecu la sertare și dulăpioare. Puse toate lucrurile la locul lor. Ce căuta până la urmă? Își zise că se comporta prostesc și ieși încet din cameră, dând imediat peste Olivia, care o aștepta pe hol.

– M-ai speriat! murmură amuzată Joanne, însoțind-o în camera ei.

– Ce i-ai făcut lordului Starlight?

– Mereu sari la concluzii. De ce crezi că i-am făcut ceva?

– Pentru că dacă ar fi fost o noapte normală pentru niște tineri căsătoriți, nu bântuiai conacul la ora asta târzie. Te-am lăsat singură doar treizeci de minute...

– Nu-ți face griji, nu voi rămâne văduvă chiar din prima noapte. Doar părea obosit...

– Ce ai folosit pe el?

– Ceva ușor pentru început, extract de valeriană. Nici prin cap nu-mi trece să-l las să mă atingă după ce i-am aflat planurile odioase.

– Domnișoară Bright... adică lady Starlight, ai aflat

planurile astea de o săptămână şi nu ai anulat nunta. Pot întreba de ce? Poate îți place de...

– Nu! răspunse Joanne ferm pe un ton furios, pe care rareori îl folosea. Vorbea cu bărbatul ăla roşcovan, Ambrose. Ți-am zis că plănuiesc să atragă tâlharii cu o momeală. Când s-au întâlnit ieri amândoi, contele a pomenit de o altă victimă. Nu recentă, petrecută pe la începutul anului, dar a aflat de aşa ceva abia alaltăieri. Categoric nu mă consider o ființă neajutorată. Dacă reuşesc să le dau eu de urmă criminalilor, atunci voi preveni alte victime.

– Aveți multe calități, dar în fața unor astfel de monştri tot sunteți vulnerabilă. Din cauza incompetenței unora, s-a ajuns să se joace voit cu viața unei persoane. Nu-l voi ierta niciodată pe lordul Starlight! Intențiile lui... Totuşi, poate dacă l-ați seduce... E bărbat şi el!

– Unul afemeiat, preciză Joanne pufnind. Un asemenea om nu ia în serios căsnicia. Înțelegi de ce nu vreau să se apropie de mine. Voi rezolva problema cu care se confruntă şi din câte mi-a dat de înțeles, şi-a găsit o nouă pretendentă, de fapt, era Elena de la bun început, însă pe ea nu voia să rişte să o rănească. Când discută cu Ambrose, se referă la mine ca la „țărăncuța urâtă şi dolofană". Nu mă rănesc cuvintele lui. Le-am auzit des de când am venit în oraş.

Joanne nu voia să recunoască, dar felul în care i se adresa Willem prietenului său, numind-o „țărăncuță", o durea. Încerca să se încurajeze singură că nu merita să sufere pentru un necunoscut care o folosea ca momeală ca să prindă nişte ucigaşi. Cert e că în ciuda planurilor lor, ea categoric nu avea de gând să joace după regulile altora. Avea elementul surpriză de partea ei. Nimeni nu ştia că „țărăncuța" putea citi pe buze şi că nu era nici pe departe aşa proastă cum o considerau unii.

– Ducele nu pare a fi un om rău... Orice ar fi, voi fi mereu alături de dumneavoastră, declară Olivia cu înflăcărare. Nu voi lăsa să vi se întâmple nimic rău! Promit!

– Minunat, pentru că am un plan! Totuşi, ultima scrisoare de la tata mă îngrijorează. Vreau să aflu cum se simte cu adevărat, dar el nu vrea să fie în totalitate sincer cu mine. Mâine te vei porni spre Norfolk şi...

– Nu vă pot părăsi! Aveți nevoie de mine, domnişoară!

– E doar pentru trei sau patru zile, Olivia! Pot avea grijă de mine zilele astea. Mă îndoiesc că voi fi luată în vizor de criminali aşa devreme. Willem vrea să mă scoată în lume intenționat câteva săptămâni la rând, iar tâlharii nu acționează fără un plan bine stabilit. Voi fi în siguranță! Dar te trimit la Norfolk şi dintr-un alt motiv. Vreau să-mi aduci calul şi şoimii tatei.

– Am înțeles, dar cum rămâne cu viitoarele nopți? Îl veți putea evita pe duce de fiecare dată?

– Poți fi sigură de asta! râse Joanne, pregătindu-se să se ducă la culcare.

Fata îşi aminti abia după ce ieşi din camera Oliviei că în patul ei dormea ducele. Se cam plictisise de umblat aiurea pe holuri şi cam înghețase, de vreme ce purta doar cămaşa de noapte şi un halat subțire pe deasupra. Ca să ajungă în dormitorul ei, trebuia să treacă mai întâi prin cel al lui Willem. *Ah!* se gândi ea încântată. *Dar acolo nu am căutat.*

Carafa cu vin fusese golită şi lăsată pe masă. Patul era pregătit, dar nefolosit. Într-un colț era aranjat un raft de cărți cât tot peretele, unele fiind aşezate şi pe noptieră. Joanne le cercetă pe rând, apoi trecu la şifonier. Într-unul dintre buzunarele jachetei pe care ducele o purtase ieri, găsi un bilețel cu diferite nume.

– Salvin, Huxley, Wood, Jenner, Edelweiss şi Clifford... Jenner... Jenner... Unde am mai auzit eu de Jenner?

Brusc îşi aminti că prietena ei care se căsătorise îi scrisese în ultima ei scrisoare că se împrietenise cu lady Jenner. Oare să fi fost vorba de aceeaşi doamnă ucisă de tâlhari? Nu ştia, prin urmare se decise că trebuia neapărat să-i facă o vizită Isabellei. Obosită, Joanne trase cu ochiul în dormitorul ei. Willem dormea la fel cum îl lăsase. Închise uşa şi se culcă în patul din camera lui.

# CAPITOLUL 8

Willem se trezi târziu a doua zi. Mereu se deştepta devreme, indiferent de cât băuse cu o zi în urmă. Îşi simţea gâtul cam amorţit de la dormitul în aceeaşi poziţie şi încă era somnoros. Se uită în jur. Îşi aminti imediat că se însurase şi că venise noaptea trecută în camera soţiei, apoi... i se tăiase firul. Nu i se mai întâmplase aşa ceva. De obicei, nu uita nimic, chiar dacă băuse mult. Atunci ce fusese aşa diferit aseară, de nu avea o singură amintire cu ce făcuse cu Joanne? Femeia nu se afla în cameră. Se spălă şi îmbrăcă degrabă, ieşind să o caute. O găsi mâncând nişte prăjiturele în bibliotecă.

– Bună dimineaţa, Joanne! zise el, aplecându-se să o sărute, dar ea se feri puţin şi îl lăsă să o atingă cu buzele pe frunte. Eşti cumva supărată? Am făcut ceva nepotrivit aseară? Te-am lovit? Am fost prea... brutal?

– Nu, milord, răspunse ea cu răceală. Doar că totul e nou pentru mine şi nu sunt obişnuită cu acest loc încă. Dar, nu vă faceţi griji, nu vreau să vă încurc cu nimic. Consideraţi că n-aş fi aici şi ocupaţi-vă de treburile importante.

– Bine... am înţeles. Atunci... o să fiu în biroul meu până la amiază, deci... dacă ai nevoie de mine... ştii unde mă găseşti.

Willem nu avea idee cum să reacţioneze în faţa răcelii ei. I se părea că ea nu voia să fie în preajma lui. *Da! Asta e perfect!* se gândi el morocănos, traversând holul până la birou. *Nu trebuie să am grija ei acum, îmi convine să nu o văd, ar fi minunat să scap de ea, dar planul lui Ambrose implică să o scot în societate şi să arăt că ţin la ea... Şi de ce nu a zis nimic de noaptea trecută? A fost aşa groaznic pentru ea, încât numai să-şi amintească o dezgustă sau ce? De obicei, femeile nu vor să mă lase să plec după o noapte, iar ea mă are la dispoziţie şi se poartă de parcă... de parcă... e prea bună pentru mine! Ah, nu-i de mirare că e aşa o nesuferită.* Nici în locul lui liniştit nu reuşi să uite de ea pentru o clipă. Se chinuia prea mult să-şi amintească detaliile intime de peste noapte, dar oricât încerca, nu-i venea nimic în minte, doar faptul că se simţise somnoros şi dezorientat înainte de-a intra în camera ei. Nerăbdător, se duse înapoi în dormitorul lui. Carafa goală fusese înlocuită cu una cu apă proaspătă. Intră în camera soţiei sale. Ferestrele erau larg deschise. În afară de un cufăr mare din faţa patului, încăperea încă nu dădea de înţeles că aparţinea cuiva.

Willem lovi uşor cufărul la ieşire, oprindu-se imediat. Se auzise un clinchet dinăuntru. Curios, dădu capacul deoparte, găsind o grămadă de rochii învechite puse de-a valma şi un carnet gros cu schiţe. *Câte desene*! reflectă el admirativ, răsfoind paginile îngălbenite, uneori pătate cu cerneală, alteori notate cu un scris foarte mic pe margini cu creionul. *Asta reprezintă vânătoarea unui tigru. Aici e un port chinezesc după corăbii. Statui indiene... Statui egiptene... Ce atenţie deosebită la detalii! Oare sunt locuri pe care şi-ar dori să le viziteze sau le-a vizitat deja? Apare tot mai des o fetiţă şi un bărbat... tatăl ei. E Joanne la patru ani, la cinci, la şapte... E posibil ca un copil să facă atâtea pozne?* Ultimele pagini ale carnetului se terminau cu portretul ei zâmbitor, deşi conturul era şters din cauza urmelor de lacrimi. Ducele se simţi prost deodată, de parcă păşise pe un teritoriu interzis, însă voia să afle mai multe.

Printre cămăşile de noapte găsi o cutie metalică îngustă cu ace de diferite dimensiuni, bețişoare de bambus şi un tub lung de lemn. *Dacă tubul ăsta e o sarbacană, atunci sigur are şi otravă!* Căută frenetic prin cufăr şi dădu de o altă cutie de lemn ascunsă pe fundul lui. Conținea o grămadă de sticle şi sticluțe sigilate cu ceară în culori variate, etichetate fiecare cu câte o denumire bizară. Cele două mai mari, verzi, fuseseră notate cu „valeriană", iar una fusese golită pe jumătate. *Sigur mi-a turnat valeriană în vin noaptea trecută! Astea ce naiba sunt?! Praf de amanite? Frunze de ephedra? Nyakwana? Guarana? Iboga? Mac somnifer? Khat? Nucşoară? San Pedro? Ololiuchiu? Nucă vomica? La naiba! Majoritatea habar n-am ce înseamnă. Care e otrava? Să le arunc pe toate? Nu, sunt sigilate...*

Îi veni o idee. Turnă valeriana din sticla începută într-un pahar şi o înlocui cu apă din carafă, apoi se întoarse în biroul său, după ce aşeză cufărul ca la început.

Imediat ce se văzuse scăpată de prezența ducelui, Joanne se apucă să-i scrie o scrisoare prietenei sale, Isabella, în care îi povestea cum venise în Londra pentru prima dată la sezon şi că avusese norocul să se căsătorească repede şi, fiindu-i tare dor de dânsa, o ruga fie să o viziteze cât mai curând posibil, fie să îi permită să vină să o vadă. Nu se semnă cu noul ei nume, ştiind că astfel doamna Sheldon ar fi fost mult mai tentată să-i răspundă dacă ținea neapărat să afle mai multe detalii cu privire la mariajul ei, iar Joanne fix pe asta conta, menționând de câteva ori cuvinte precum „duce" şi „moşii". Scopul tinerei era să afle cât mai multe informații despre familia Jennen cu care Isabella se lăudase că avea relații bune.

Înmână scrisoarea unui servitor ca să o ducă, apoi se gândi că ar fi bine să treacă pe la o croitoreasă. În afară de rochia de mireasă, fata nu avea nişte haine potrivite noului ei statut, iar dacă Isabella i-ar fi răspuns într-un timp scurt, şi-ar fi dorit să păstreze aparenţele în faţa acesteia, căci înfăţişarea conta enorm pentru femeie şi ar fi putut recunoaşte cu uşurinţă marca şi calitatea vestimentaţiei oricui. Joanne ieşi din bibliotecă, aproape lovindu-se de Willem, care ducea un pahar cu apă.

— Milord! strigă ea surprinsă, pierzându-şi echilibrul pentru o clipă, dar făcând o piruetă ca să şi-l recape, chiar înainte să o ajute el.

— Eşti foarte agilă, şopti el surprins.

— M-aţi speriat! Îmi pare rău că v-am lovit.

— Nu am observat. Tocmai veneam să te întreb dacă n-ai avea chef de o plimbare.

*Aha, deci îţi pui planul în aplicare cât mai repede, nemernicule*! se gândi ea, abia păstrându-şi expresia neutră. Willem doar o privea cu atenţie. Lumina soarelui cădea pe faţa ei palidă, care se îmbujora treptat. Ochii ei căprui, încadraţi de gene lungi, erau frumoşi, la fel şi buzele roşii. Îşi lăsase părul desprins şi câteva şuviţe negre îi cădeau pe umeri şi pe piept. Rochia avea un decolteu modest, dar el zâmbi când îşi aminti cum se simţeau la atingere...

— Ba da, milord! spuse Joanne, trezindu-l brusc la realitate. Chiar acum mă pregăteam să ies.

— Unde? Singură?

— Pe strada Bond mai întâi, apoi prin parc. Mi-am trimis camerista la tatăl meu cu treburi şi să îmi aducă veşti despre starea sănătăţii sale. Va veni cu restul garderobei şi cu calul meu. Nu am avut timp să vă anunţ.

– Aveai de gând să vii să-mi ceri să te însoțesc atunci?

– Nu.

Imediat ce-i răspunse şi-i văzu chipul întunecându-se, fata îşi dădu seama că făcuse o greşeală. Înainte de a vorbi, încercă pe cât posibil să-şi îndulcească tonul şi să-i zâmbească.

– Iertați-mă, milord! Servitorii mi-au spus că sunteți foarte ocupat, aşa că nu voiam să vă deranjez şi să vă fac să pierdeți timp prețios cu mine. Vă puteți întoarce liniştit în birou.

– Joanne, cred că eşti obişnuită cu anumite libertăți, fiind crescută la țară, şi departe de mine intenția de a-ți interzice ceva ce îți face plăcere, dar te rog ca pe viitor să nu pleci nicăieri neînsoțită şi categoric nu fără permisiunea mea. O să te escortez eu acum.

Willem o aşteptă afară, în fața trăsurii, după ce turnase valeriana într-o sticlă cu coniac din biroul lui. Încă era morocănos că ea nu voise să-l implice în activitățile ei. *Îşi asumă deja riscuri inutile. Simt că nu am deloc control asupra situației, dimpotrivă. E impresia mea sau îşi bate joc de mine? Nu, e doar o țărăncuță, nu ar îndrăzni. Trebuie să am grijă de ea până pun la punct planul lui Ambrose. Dar dacă... aş vrea să o țin în siguranță o perioadă mai lungă. Totuşi, asta implică să ne cunoaştem mai bine, ceea ce nu e indicat. La naiba! Ce e cu mine? Nu sunt atras de Joanne şi nu aş vrea s-o am prin preajmă mai mult decât e necesar. Însă e vorba de viața unei ființe nevinovate pe care am jurat să o apăr... Ar fi mai uşor dacă mi-ar da un motiv clar să o urăsc, iar ea vine cu...*

– Milord, sunt gata.

*Ochii aceia mari care parcă îmi sfredelesc până în adâncul sufletului.*

– Milord?!

*Şi arată de-a dreptul fragilă. Clar nu-mi place de ea! Am toate motivele s-o îndepărtez de mine! Dar ştiu că va avea un sfârşit tragic, prin urmare ar trebui să mă port frumos în scurtul timp ce i-a mai rămas. La naiba! De ce se uită aşa la mine? Mă învinovăţeşte că i-am distrus viaţa şi că o fac nefericită?*

– Milord, strigă Joanne, scuturându-l tare de haină. Vă simţiţi bine? Poate ar trebui să vă odihniţi şi să lăsăm plimbarea pe altă dată.

– Nu, sunt bine. Mergem unde vrei tu. Îţi stau la dispoziţie.

Merseră pe strada Bond şi se plimbară pe la o grămadă de magazine. Joanne era în stare de alertă. Cineva îi urmărise de cum plecaseră de acasă. Bănuia că o fi cineva pus de soţul ei ca să-i supravegheze fiecare mişcare, dar nu strica să fie precaută. Ducele îi arăta cele mai scumpe obiecte şi ea, nefiind obişnuită să cheltuie bani aiurea, îi zâmbea şi se întorcea la alte lucruri. Desigur, asta nu-l opri pe Willem să i le cumpere oricum când soţia lui nu se uita. Alesese pe lângă nişte rochii frumoase şi o grămadă de bijuterii, dar vina ce o simţea tot nu-i dădea pace. Nu-i păsa în mod deosebit de bani, avea mai mulţi decât putea cheltui într-o viaţă, însă dacă Joanne murea, nimic nu ar fi putut-o aduce înapoi, iar el ar fi fost călăul. Nimeni nu putea şterge o pată de pe conştiinţă, indiferent ce sumă i s-ar fi oferit.

– Milord, îl cunoaşteţi pe acel om?

– Care om?

– Cel care ne-a urmărit încă de cum am plecat de la conac. L-am pierdut din vedere cu vreo două minute în urmă. Purta haine de lacheu şi o pălărie largă, plus cizme lungi negre. Poate mi s-a părut sau dorea să vă vorbească...

Willem era deja îngrijorat. El nu observase nimic în neregulă de când plecaseră. Pe o stradă pe unde se perindau gentlemani şi doamne, ar fi trebuit să observe un servitor îmbrăcat astfel. El nu poruncise nimănui să-l urmărească. O fi fost planul lui Ambrose? Era totuşi sigur că Joanne nu se înşelase? O asigură că doar i se păruse, dar nu o lăsă să se îndepărteze de el mai mult de trei paşi tot restul plimbării. Petrecură mai bine de o oră în parc, după care se întoarseră spre casă.

– Joanne, l-ai mai văzut pe omul acela? o întrebă ducele, uitându-se pe fereastră.

– Nu sunt sigură.

– Aminteşte-ţi, te rog!

– A fost în parc, citind o carte, dar nu mai avea pălărie şi purta o haină albastră.

– Atunci cum poţi fi sigură că era acelaşi om?

– Pentru că făcea aceleaşi gesturi. Îşi scutura mâna dreaptă şi şi-o strângea în pumn. Ţinea cartea în mână, dar îi urmărea pe toţi cei care treceau prin faţa lui, iar la cum bătea din picior, sigur era nerăbdător în legătură cu ceva.

– Ce culoare avea pălăria ultimei doamne pe lângă care am trecut în parc?

– Galbenă cu flori albastre...

Acela era singurul detaliu pe care şi-l amintea şi Willem. Ţărăncuţa aia cu siguranţă nu era prostuţă. O judecase greşit sau îl indusese ea în eroare?

– Am o memorie bună, râse ea. Nu e chiar un lucru de laudă, de vreme ce nu am prea multe talente. Milord, aş putea folosi bucătăria când ajungem acasă? A trecut ceva timp de când nu am mai gătit şi îmi place să fac prăjituri. N-aş vrea să se plângă servitorii şi să mă alunge de acolo...

– Cam neobişnuit pentru o tânără să vrea să îşi petreacă timpul în bucătărie. Ţi-e dor poate de vreo gustare făcută acasă?

– Şi asta. Când eram în casa tatălui meu găteam mult. Mă distram cu reţete noi sau inventam altele. Uneori făceam prea multe şi ajungeam să le împart copiilor din sat şi mă jucam cu ei, le spuneam poveşti. Mă scuzaţi, milord. Probabil vă plictisesc cu pălăvrăgelile mele.

– Ba deloc. Asta e prima oară când aflu mai multe despre tine. Am o întrebare. De ce continui să-mi spui „milord" şi nu Willem?

*Bună treabă, Willem! Fix aşa păstrezi distanţa de ea.*

– Nu credeam că se cuvine. Sunteţi mai în vârstă decât mine cu unsprezece ani şi...

– Mă consideri bătrân?

– Nu, nu, nu! Nu asta am vrut să spun.

– Linişteşte-te, Joanne. Glumeam. Nu te mănânc. Uneori te uiţi la mine de parcă aş fi un fel de monstru gata să te atace. Nu sunt violent.

Când ajunseră acasă, fata se duse în bucătărie. Nu o încânta probarea noilor rochii sau a bijuteriilor. Willem în schimb dădu ordine servitorilor să aibă grijă de doamna lor şi să o păzească tot timpul, în caz că ar fi ieşit undeva fără să spună. Trebuia să discute neapărat cu Ambrose, dar avea de aşteptat până a doua zi. În curând luară cina, după care Joanne se retrase jumătate de oră, iar el se întoarse în birou. Cineva îl deranja din nou cu bătăi în uşă.

– Intră!

– Milord, adică Willem? zâmbi Joanne, îmbujorându-se când îi puse în faţă o farfurioară cu o felie însiropată de prăjitură. Nu aţi vrut desertul, dar cum e prima oară când gătesc aici pentru altcineva, aş dori să încercați. Nu se compară cu a unui bucătar, desigur, dar poate o să vă placă. O să plec dacă vă deranjez.

– Oh, nu, rămâi. Chiar mă gândeam să iau desertul mai târziu în seara asta...

– Atunci, am făcut bine că v-am adus prăjitura. Cât timp o savurați, am văzut că aveți un pian aici. O să vă cânt ceva!

Willem surâse şi mâncă prăjitura. Era dulce-acrişoară şi cu petale de trandafiri. Îi plăcea gustul. *Sigur a pus toată sticla de valeriană în sirop! Atunci să nu-i înşel aşteptările!* se gândi el, prefăcându-se adormit doar ca să nu mai cânte ea melodia aia de leagăn. Ar fi putut s-o asculte ore în şir. Vocea ei era minunată.

Joanne se opri din cântat imediat ce-l văzu adormit. Îi scăpă un mic chicotit şi se apropie de el, ciupindu-l de mână, lucru pe care Willem îl suportă cu stoicism. Înainte să iasă din cameră, fata îşi scoase şalul de pe umeri şi îl înveli. Când nu mai auzi paşii ei uşori, bărbatul deschise ochii. Parfumul de bujori şi căldura şalului încă persistau.

– Bine, poznaşă domnişoară Bright, să vedem cum îmi vei face față şi în următoarele nopți! şopti amuzat, inspirând parfumul de bujori.

# CAPITOLUL 9

Willem dormise pe fotoliul din birou ca să păstreze aparențele că apa chioară cu care înlocuise valeriana Joannei, funcționa de minune. Nu-i plăcea unde se îndreptau lucrurile. Ce motiv avea Joanne să îl refuze? Îi era teamă sau pur şi simplu nu-l voia? Pentru o clipă îi trecu prin minte că ea ascunde ceva, probabil i se dăruise altuia şi acum nu voia ca el să-şi dea seama, dar alungă gândul. Fata părea cu capul pe umeri, nu şi-ar fi pus reputația la bătaie astfel şi clar nu ar fi acceptat în cazul acesta cererea lui în căsătorie, riscând un mare scandal. Dar ce ştia despre ea? Aproape o obligase să se mărite cu el. Simțea că nu avusese dreptul să aleagă? Oare țărăncuța credea că ar fi putut obține ceva mai bun? Atitudinea ei distantă începea să-l calce pe nervi. De ce nu-i putea zice clar ce voia? Bărbatul lăsă documentele necompletate şi ieşi din birou. Nu avea niciun chef să lucreze, când doar Joanne îi ținuse mintea ocupată de vreo două ore. Plănuia să o abordeze ziua, luând-o pe nepregătite. Pe chip îi apăru un zâmbet, amintindu-şi de noaptea trecută. Fata aia sigur nu mai avea prea multe opțiuni de scăpare. Bătu la uşa ei, aşteptând un răspuns care nu întârzie nicio clipă.

Joanne termină de scris ceva şi se ridică de la masă, făcând o piruetă pentru ca el să-i admire noua ținută. Purta o rochie de un roz pal şi perle asortate. Părul îl avea prins într-un coc elegant.

– Milord... adică, Willem! îl întâmpină ea cu un zâmbet. Tocmai mă pregăteam să vin să vă văd.

– Şi eu muream de nerăbdare să-mi petrec timpul cu tine, doamna mea, râse el, cuprinzând-o în brațe şi sărutând-o uşor. Nu întâmpină rezistență din partea ei, ba chiar părea dornică să-i ofere mai mult. Seara trecută eram prea obosit deodată ca să-mi îndeplinesc datoria de soț, dar mă pot revanşa chiar acum.

– Oh, şi eu care mă întristasem degeaba, fiindcă eram sigură că nu mă vrei, îi răspunse ea pe un ton uşor amuzat, îmbujorându-se şi lăsându-şi privirea în jos, spre lavaliera lui de un alb imaculat. Şi totuşi, milord, am impresia că îți place să scapi de mine, de vreme ce îmi ceri ziua să facem ceva ce ştiam că se obişnuieşte să fie făcut noaptea.

*Da, acum eu sunt de vină că ea era plină de dorință şi eu dormeam ca prostul! Bine, scorpie mică, recunosc că nu mă aşteptam la aşa o reacție!*

– Iubita mea Joanne, departe de mine gândul de care mă acuzi. Abia aşteptam să... împart patul cu tine, dar am fost reținut. De când suntem căsătoriți, mă simt foarte... odihnit. Înainte aveam insomnii, dar cred că am scăpat în mod miraculos de ele. Aşadar, ție îți datorez liniştea a două nopți, iar azi îți stau la dispoziție în dormitor.

– Vai, milord! oftă ea teatral. Oricât mă tentează oferta ta şi oricât mi-ar plăcea să-ți îndeplinesc dorința, din păcate nu-i putem alunga pe musafirii noştri.

– Ce musafiri? Ei pot aştepta.

– Willem, te rog, fii cuminte până diseară.

– Şi dacă te ascult, ce primesc?

– Tot ce vrei.

– Promiți?

– Promit.

– Atunci, hai să ne întâmpinăm musafirii cum se cuvine!

Ducele îi mai fură un sărut, primind și o îmbujorare de la soția lui, apoi o conduse până în salon, unde îi așteptau unchiul și mătușa Joannei, alături de contele Edelweiss și doamna și domnișoara Sweetpea. Grupul cu siguranță era neobișnuit, mai ales prezența lui Edelweiss. Elena privea prin jur și se plimba ca și cum își inspecta casa, dar se întoarse imediat spre Willem, aruncându-i un zâmbet fermecător.

– Lord și lady Starlight! spuse mătușa ei în culmea fericirii. Ce cuplu minunat formați! Abia așteptam să văd cum o duce draga mea nepoată și acum sunt absolut convinsă că nu mai am niciun motiv de îngrijorare în privința ei.

Petrecură ceva timp la discuții, jocuri și bârfe. Joanne observă că Elena îl privea insistent pe soțul ei. Nu era atentă la nimic altceva și participa rar la conversații, ceea ce nu-i stătea deloc în fire, căci deseori acapara atenția tuturor intenționat, doar de dragul de a fi admirată și băgată în seamă. De asemenea, și Willem îi aruncă vreo câteva ocheade frumoasei blonde. În cele din urmă, musafirii se pregătiră de plecare, dar imediat ce ieșiră din salon, mătușii Penrose îi veni minunata idee să meargă cu toții la teatru. Ducele fu de acord, deși sperase ca vizita lor să se termine mai repede. Trăsurile erau pregătite deja, când Willem primi un bilețel. Îl tratá ca pe ceva neimportant, dar cu scuza că voia să-și schimbe haina, se duse și-l citi în camera lui. Nu se semnase, însă scrisul îi aparținea clar lui Ambrose.

*„Ne întâlnim la miezul nopții în biroul tău."*

– Mergem, milord? întrebă Joanne din spatele lui.

– Joanne?! se răsti el, sărindu-i inima din piept şi ascunzând repede biletul în buzunarul hainei. Credeam că erai deja afară.

– Am venit să-mi iau pălăria. Scuze că te-am speriat.

– Nu m-ai speriat, doar m-ai luat prin surprindere. Am venit să-mi iau altă haină.

Bărbatul îşi schimbă haina, apoi merseră la teatru cu toţii. Lady Penrose şi doamna Sweetpea vorbeau întruna. Contele Edelweiss încerca în zadar să o atragă într-o discuţie pe Elena, iar lordul Penrose se deplasa mecanic, urmărind impasibil figurile din jurul lor. Nu fusese niciodată un tip vorbăreţ, iar cu o soţie ca a lui, rareori putea lua cuvântul. Joanne se mulţumea şi ea doar să asculte. Se aşezară într-o lojă, apoi piesa începu.

Joanne stătea puţin mai în spate, în semiîntuneric. Nu îi păsa deloc de piesa de teatru, dar aştepta un moment prielnic ca să se furişeze neobservată din lojă pentru a putea discuta cu Ambrose. Îl văzuse într-o lojă de sub a lor, chiar când intraseră. Era absolut sigură că soţul ei nu-l observase, aşa că sosise momentul să acţioneze. Din fericire, Elena îl ţinea ocupat, tot şoptindu-i la ureche. Fata ieşi pe holul întunecat şi o luă pe scări în jos. Ambrose stătea tot în spatele grupului său, aproape de ieşirea din lojă. Moţăia. Joanne îl bătu cu palma pe umăr, trezindu-l.

– Ce? Ce-i? E gata piesa? bolborosi roşcatul confuz.

– Nu, dar am venit să vorbim.

– Willem? Omule, ce cauţi aici?

– Şşş, vorbeşte în şoaptă cu mâna la gură şi nu te uita în spate.

– De ce te porţi aşa? Te-am anunţat că voi veni în seara asta la tine.

– Doar fă cum ți-am zis! Mă tem că sunt deja urmărit şi nu vreau să atrag atenția asupra ta. E mai bine să nu vii diseară, de aia trebuie să discutăm aici.

– Cum doreşti. M-ai urmărit sau ce?

– Am dat de tine întâmplător. A fost noroc chior.

– Ai venit singur sau cu amanta?

– Cu nevasta şi câțiva prieteni de-ai ei! Acum hai să trecem direct la subiect. Nu pot sta prea mult, altfel o să-mi simtă lipsa. Aşadar, ai pus cumva un spion pe urmele soției mele?

– Nu, credeam că vei pune tu să fie urmărită... şi dă-o naibii pe nevastă-ta, o numeşti „țărăncuță proastă" de fiecare dată în fața mea. E la fel de proastă cum credeam la început sau mai rău? Mi-a zis cineva că Dorothy Swan îți duce dorul şi tipei nu îi e ruşine să vorbească deschis. În ciuda aparențelor, nu-i un înger, Will! Rezolvă problema, altfel mariajul tău va fi privit ciudat şi planul nu va merge, iar tu vei fi obligat să trăieşti cu țăranca aia pentru tot restul vieții tale. Te compătimesc, prietene.

Joanne trase adânc aer în piept. Nu-i era deloc uşor să imite glasul lui Willem, iar dacă se lăsa pradă emoțiilor, ar fi dat de bănuit. Trebuia să rămână concentrată şi să ignore lacrimile care îi împăienjeneau ochii.

– Am înțeles. Spune-mi încă o dată despre victime.

– N-am mai aflat nimic nou despre ele. Dar Jenner a fost ucis noaptea trecută, la fel şi gardianul lui. Au fost găsiți amândoi morți în camera ospiciului unde era tratat Jenner. Cică omul vedea stafii de la o vreme, de aia s-a spânzurat, după ce l-a strangulat pe gardian. Păcat! Tocmai când Jenner anunțase că totul îi era clar deodată în privința asasinilor şi ceruse să vorbească personal cu căpitanul gărzilor reginei.

La fel ca ceilalți, avea şi el în buzunar un bilet de la ucigaşi.

– Nu-i o coincidență. Care au fost locurile în care femeile au fost răpite?

– Lady Ross a dispărut într-o seară chiar din fața acestui teatru. Ieşise să ia o gură de aer. Doamnele Wood, Salvin, Huxley se întorceau acasă după ce îşi vizitaseră nişte rude sau prieteni. Lady Jenner a ieşit într-o noapte să se plimbe prin grădină şi atunci a dispărut fără urmă, iar soția contelui Edelweiss... nu ştiu nimic despre ea, doar că a fost găsită la fel ca celelalte.

– Crezi că cineva din înalta societate pune la cale atacurile astea?

– Nu sunt sigur. Cred că e cineva care le poartă pică, totuşi. Momentan, încerc să aflu dacă au avut loc nişte încăierări mai serioase între ei şi altcineva. Sunt nevoit să sap în rahaturile altora. În fine, trebuie să pui să o urmărească mereu cineva pe țărăncuță. Să nu o scape din ochi, iar dacă e răpită, să vadă cine sunt criminalii, eventual să le dea de urmă dacă va fi posibil. Nu ştim în funcție de ce criterii îşi aleg următoarele victime sau cât le ia până se decid să treacă la acțiune.

– Am înțeles. Ai cumva vreo descriere amănunțită a felului în care au fost descoperite cadavrele? Şi vreau neapărat să văd biletele alea cu mesajul criminalilor!

– Am desenele şi fişele fiecărei victime. Nu la mine, ci la hotelul unde stau. Şi la scrisori am doar trei, nu, patru. Două sunt ale lui Jenner, una de noaptea trecută şi cealalaltă de răscumpărare. Restul de la Salvin şi de la Wood. Când vrei să ți le dau?

– În noaptea asta! E urgent! Apropo, deghizările tale sunt jalnice. Învață să te descurci mai bine pe viitor, altfel o să devii sigur o țintă uşor de recunoscut.

– Sigur, o să-mi dau silința. Ai grijă de Dorothy. Femeia aia are o gură prea mare pentru binele ei. N-ai vrea să-ți apară în casă pe nepusă masă.

– Da... Pe curând, Ambrose!

Joanne se întoarse spre loja ei. Se simțea tristă, umilită, rușinată și toate astea din cauza soțului ei crud, infidel, care nu avea pic de respect pentru ea dacă o insulta mereu în fața prietenului său. Cu o noapte în urmă se gândise că ar putea da o șansă căsniciei lor, că poate îl judecase greșit pe Willem, dar era pusă din nou într-o situație stânjenitoare și periculoasă.

– Draga mea, unde ai fost?

Ducele stătea în fața ei. Era furios, dar tonul i se îmblânzi când vorbi. Joanne înghiți în sec și tuși de câteva ori ca să-și dreagă vocea răgușită. Nu voia să îi tremure glasul.

– Am ieșit să iau puțin aer. Simțeam că mă sufoc înăuntru și mă cam luase o durere de cap. Probabil din cauza parfumurilor doamnelor.

– Te-am căutat afară și nu te-am văzut. Ce-i cu tine? Ai plâns? Joanne? Ești așa roșie la față.

– Sunt bine... E vânt și ceață afară. În noaptea asta va fi o furtună strașnică. Eu răcesc ușor. Să ne întoarcem în lojă. Mătușa se va supăra dacă lipsim prea mult.

Willem îi puse o mână pe frunte, iar fata se încordă la atingerea lui rece.

– Joanne, nu ești bine deloc. Ai febră și tremuri.

– E doar o simplă răceală, poate. Nimic grav, să ne întoarcem.

Lady Penrose ieși pe hol, făcându-și vânt cu evantaiul.

– Dragilor, mai este mult din piesă... Desigur, sunteți tineri și îndrăgostiți, dar nu se cuvine...

– Ne pare rău, dar lady Starlight nu se simte bine, aşa că ne vom retrage mai devreme.

– Nu, o să-mi treacă, protestă Joanne cu încăpățânare.

– Vai de mine, draga mea, nu arăți deloc bine. Ai fața roşie şi pare că abia te mai ții pe picioare. Lord Starlight, trebuie neapărat să o duci acasă. Le voi spune şi celorlalți cum stă treaba.

Lady Penrose se întoarse în lojă, dar cum Joanne nu dădea semne de ascultare, Willem se văzu nevoit să-şi ia nevasta în brațe ca să o ducă la trăsura care-i aştepta.

– Ce faci? Pune-mă jos! Sunt grea, o să te doară spatele. O să merg singură!

Dar el nu o ascultă oricum. O ținu în brațe tot drumul. Fata nu părea conştientă de unde se afla. Adormise în trăsură, iar ducele o purtă până în camera ei, apoi se duse în birou să-l aştepte pe Ambrose. La scurt timp se porni furtuna.

# CAPITOLUL 10

Trecuse de miezul nopții și Ambrose încă nu-și făcuse apariția. Plictisit de așteptare, Willem se plimba pe întuneric pe coridorul lung ce ducea spre biroul său. Lăsase ușa întredeschisă și o lumânare aprinsă, totuși. Se gândi să verifice cum se mai simțea Joanne, dar abia făcu doi pași și o zări la capătul scărilor, într-o cămașă albă, lungă, furișându-se. Părul lung și negru îi flutura în urmă ca o pelerină. *Ce mai pune acum la cale? se întrebă el curios, apoi o luă la fugă în birou, dându-și seama ce căuta Joanne. A văzut biletul lui Ambrose! Probabil se gândește că am vreo aventură și vine să mă verifice! La naiba!*

Fără să stea o clipă pe gânduri, luă carafa cu vin și o vărsă pe toată într-o vază cu flori, apoi desfăcu la repezeală sticla de coniac începută în care turnase valeriana și se așeză cu capul pe masă, prefăcându-se adormit. Câteva secunde mai târziu, apăru și Joanne. Nu o auzise intrând, dar îi simțea prezența lângă el și parfumul de bujori.

– Willem? șopti ea suav, scuturându-l încet de umeri. Dormi? Ți-a luat foc casa! Trezește-te!

Joanne îi trase scaunul și el căzu sub masă, dar ca un adevărat bețiv adormit, murmură ceva neinteligibil și se întoarse pe o parte. Fata îl întoarse iarăși cu fața în sus, desfăcându-i de tot lavaliera și trăgându-i haina. *Mă dezbracă! Ce vrea drăcuşorul ăsta de la mine? Se poartă aşa din cauza febrei? Doamne! Dă-mi răbdare, te rog!*

Contrar aşteptărilor ducelui, tânăra îi luă doar haina şi lavaliera, pe care le îmbrăcă, adăugând şi o pălărie neagră sub care îşi ascunse claia de păr, apoi îl împinse sub birou şi stinse lumânarea. Singura lumină care apărea constant era a fulgerelor. Joanne se aşeză pe scaun, aranjându-şi mânecile prea lungi şi vărsând din greşeală o bună parte din coniacul cu valeriană pe ea. Willem o privea fascinat pe sub gene. Cămaşa i se lipise de corp, iar băutura îi cursese până jos, pe coapse. Fata îşi scutura poalele subțiri ale rochiei ca să le usuce. *Gata, Joanne!* îşi zise el, lingându-se pe buze. *Capitulez!*

Nu apucă să facă vreo mişcare, că Joanne se aşeză brusc, lovindu-l cu genunchiul în cap. Puțin amețit, se lăsă într-o parte, dar fata îl prinse înainte să se aleagă cu un nou cucui, trecându-şi un picior pe după gâtul lui, iar cu celălalt sprijinindu-l din spate ca să-l facă să stea nemişcat. Îşi puse blând o mână pe capul lui, mângâind locul în care îl lovise. *Ştiam eu că într-o căsnicie uneori eşti călcat în picioare, dar nu mă gândeam că şi la propriu.*

– Îmi cer scuze de întârziere, Will! se auzi deodată vocea lui Ambrose şi paşii lui apăsați. Aşteptam să treacă ploaia, dar degeaba. Sunt ud până la piele. De ce stai pe întuneric?

Willem nu prea voia să se ridice, de vreme ce stătea foarte bine între picioarele soției sale, dar întâlnirea cu Ambrose era importantă.

– Mi s-a stins lumânarea tot aşteptându-te şi n-am avut chef să mă duc după alta! răspunse Joanne cu vocea lui Willem. În plus, e mai bine să discutăm aşa. N-aş vrea să afle servitorii că ai fost aici. S-ar isca vorbe. Ai adus ce ți-am cerut?

Ducele uitase şi să respire când o auzi imitându-i glasul. Inima îi bătea cu putere. Avu nevoie de toată stăpânirea de sine să rămână nemişcat. *Ce naiba se întâmplă? Chiar e un diavol! Trebuia să-mi dau seama că nu era ceva în regulă de când am găsit substanțele alea în cufărul ei.*

— Da, zise Ambrose, scoțând nişte foi învelite în piele din geanta udă. Îți mai trebuie sticla aia?

— Ia-o. Eu am băut destul.

— Pari cam scund. De ce porți pălărie în casă?

*Foarte bună întrebarea, prietene!*

— Termină, omule! Stau relaxat, doar m-ai mai văzut aşa acasă, iar pălăria o foloseam la moțăit, ca să nu mă deranjeze lumina fulgerelor. Acum îmi ține de cald. Credeam că nu mai ajungi în noaptea asta şi-mi făceam griji.

Ambrose îşi dădu jos haina şi se trânti pe un fotoliu, bând mai bine de un sfert din sticla cu coniac pe nerăsuflate.

— Ah, ce bun e! oftă el uşurat. Am găsit aproape aceeaşi semnătură indescifrabilă pe scrisorile alea. Cred că fiecare e semnată la urmă cu „Hachichiyyin" din ce am putut descifra, deşi una era notată şi „hachichiyya". Asta e singurul lucru pe care l-am omis când ți-am zis de mesajul din buzunare. Ai idee ce înseamnă?

— Doar o bănuială. E posibil să se refere la secta asasinilor. În arabă „hachichiyyin" înseamnă consumator sau fumător de haşiş. Era numele dat unui grup militaro-religios musulman din Evul Mediu. Legenda spune că membrii sectei erau închişi într-o grădină minunată, unde consumau o licoare pe bază de cannabis, opiu şi alte plante halucinogene. Ei luptau împotriva creştinilor sau musulmanilor suniți pentru a gusta acele plăceri, după misiunile încredințate de „Înțeleptul muntelui", şeful lor, care era cunoscut pentru cruzimea lui extremă. După invazia mongolă, influența sectei a încetat în 1256.

– Deci avem de-a face cu o sectă de drogați străini?

– Nu. Nu avem nici drogați, nici străini.

– Will, nu înțeleg nimic. Sunt aşa obosit. Sleit. Abia îmi mai pot ține ochii deschişi... Deci, cum e țărăncuța?

– Exact cum o ştii. Ce...

– Ce ai de gând cu ea? Pun pariu că regreți că nu acționează mai repede ucigaşii ăia. Îmi pare rău pentru tine, prietene! Ştiu că am promis să o protejez, dar chiar vrei să trăiască dacă te face aşa nefericit?

*Eşti aşa un idiot, Ambrose!* reflectă Willem necăjit, simțind ceva umed picurându-i pe umeri.

– Problema ar fi uşor de rezolvat cu un divorț, după ce îi prindem pe ucigaşi, răspunse Joanne cu glas tremurător.

– Slabe şanse să ți-l acorde, mormăi roşcatul somnoros. Abia s-a măritat cu singurul bărbat care a curtat-o vreodată. Câte asemenea oportunități ar mai avea? Niciuna. Nu va renunța la tine. Sfatul meu e s-o laşi complet pe mâna asasinilor.

Joanne nu putea vorbi. Îşi trase nasul de câteva ori şi îşi şterse ochii cu mânecile. Ambrose adormise şi sforăia uşor. Tânăra se ridică de pe scaun, desfăcând picioarele, punându-l uşor pe podea pe Willem, dar reveni la scurt timp să-i pună o pernuță sub cap şi să-l acopere cu haina sa, apoi ieşi din birou.

Ducele îl verifică pe Ambrose. Joanne îl învelise şi pe el cu propriul ei şal, pe care Willem îl luă şi îi lăsă haina lui. Cum roşcatul băuse tot coniacul cu valeriană, sigur nu urma să se trezească degrabă. Trebuia să discute cu soția lui, aşa că se duse în dormitor. Stătu mult timp în fața uşii ei până să se decidă să intre. Cumva, reuşi să se orienteze prin beznă cu ajutorul străfulgerărilor şi ajunse la pat.

– Joanne, şopti el atingându-i umărul gol, n-am fost sincer cu tine şi n-am niciun drept să mă plâng că ai procedat la fel. Vreau să lămurim situaţia... Joanne!

Îşi trecu palma peste spatele ei gol. Tânăra clar dormea profund şi nu oricum, ci goală. Willem zâmbi şi o trase în braţele sale, aşteptând răbdător trezirea ei.

# CAPITOLUL 11

Joanne își privea încruntată soțul care dormea liniștit alături de ea. Era de o frumusețe nepământeană, dar sub înfățișarea aceea angelică se ascundea un demon. Ar fi trebuit să-i fie silă de atingerea lui, însă spre surprinderea ei, se simțea în siguranță în brațele sale. Nu se putea convinge încă să se ridice din pat. Omul acela avea o amantă și probabil ar fi luat-o de soție, dacă nu intervenea altceva, de fapt nu, Elena avea sentimente pentru dânsul și domnișoarei Sweetpea i-ar fi fost foarte ușor să-l cucerească. Lui Willem sigur nu-i plăcea o țărancă urâtă, dolofană și proastă. O alesese ca mireasă mizând pe faptul că nu va fi nevoit să o suporte prea mult timp. Nu trebuia să-i pese de bărbatul ăla. Se hotărâse. Știindu-i planurile, nu ar fi putut fi păcălită de purtarea lui atentă și afectuoasă, ce era doar de fațadă. Nu i-ar fi căzut în mreje. Totul era doar o prefăcătorie. Probabil o fărâmă de milă îl îndemna să îi ofere câteva zile în care să creadă că a fost iubită, ușurându-i întrucâtva conștiința. Dacă Starlight voia să scape așa mult de ea, atunci, după ce se termina treaba cu răpitorii, îi putea cere divorțul, dar categoric nu era dispusă să renunțe la viață de dragul planului său nebun. Astfel, totul s-ar fi terminat bine de ambele părți, oarecum. Se trase ușor de lângă el, sperând să nu se trezească prea curând şi blestemându-se singură că noaptea trecută îşi aruncase cămaşa de noapte pentru că nu suporta mirosul de alcool şi nu-şi luase alta.

Willem începu să se foiască în pat, trăgând-o mai aproape de el. Era treaz de ceva vreme, tot imaginându-şi că Joanne va face o mişcare, poate să-l sărute, dar ea abia îndrăznea să respire, simţind-o încordată. Avea o dispoziţie jucăuşă. Îi mângâie părul, savurând senzaţiile lui mătăsoase. Zâmbi. Voia mai mult. O sărută pe frunte, zăbovind puţin, iar bujorii din obrajii ei înfloriră în nuanţe intense de roz şi roşu, în plus, trupul ei fiind strâns lipit de al lui, îi putea simţi bătăile agitate ale inimii. Apoi îi sărută pleoapele închise, bucurându-se de tremuratul lor uşor, ca zbaterea unor aripi de fluture. Îi căută buzele cu ochii închişi, în timp ce mâna liberă îi aluneca tot mai jos pe spatele ei gol, oprindu-se leneş pe fesele ei.

– M-am trezit, milord! şopti ea morocănoasă, sperând să-l oprească odată, dar tocmai asta îi permise lui Willem să pătrundă cu limba în lăcaşul cald al gurii ei. O luă total pe nepregătite şi preţ de câteva secunde îi savură gustul, lăsându-se pradă instinctului. Bărbatul mirosea a zăpadă şi trandafiri albi.

*Cum naiba să miroşi a zăpadă în iunie? se gândi ea ameţită. Acum eu ar trebui să fiu aia înţeleaptă şi să-l opresc cu o replică inteligentă. El e cel care-ţi doreşte moartea! Opreşte-l! Dar cum opreşti aşa ceva? Parcă aş sta în faţa unei furtuni. O forţă a naturii. Trebuie să-l opresc...*

Dar toate argumentele ei logice pentru care nu ar fi trebuit să facă dragoste cu el se spulberară când ducele trasă o dâră fierbinte cu buzele pe gâtul ei, făcând-o să se înfioare. Trupul ei răspundea mişcărilor lui, ca într-o provocare lascivă, independent de rațiunea care îi striga să nu cedeze. El scoase un geamăt și trase plapuma, descoperind-o complet. Hainele lui zburaseră demult, numai că ea nu observase. Abia când el îi cuprinse sânii în mâini și se jucă cu mugurii lor sensibili până se întăriră, Joanne își deschise uimită ochii, privindu-l cu dorință, tristețe, înțelegere. Nu mai putea controla acea situație și nici nu era sigură că ar fi vrut să-l oprească. Îi simți respirația și limba fierbinte pe sâni, iar mâinile ei îi prinseră convulsiv capul, trasându-i ușoare dâre roșiatice cu unghiile pe umeri. Mușchii trupului lui încordat păreau tari ca marmura. Îi era imposibil să se mai controleze. Joanne îl înnebunea.

Willem îi desfăcu larg picioarele ca să-l primească. Degetele lui alunecară printre buclele moi până la mătasea catifelată dintre coapsele ei. Ea scânci nerăbdătoare, arcuindu-și spatele și înfășurându-și gleznele în jurul lui. Era pregătită, iar el se aplecă deasupra ei, pătrunzând-o.

– Willem! scânci ea speriată, încercând să-și mascheze durerea.

El se opri imediat, înțelegând.

– Încearcă să te relaxezi, Joanne! murmură el cu blândețe, mângâindu-i ușor fața și sărutând-o. Durerea o să dispară în scurt timp.

*Cum naiba să mă relaxez când sunt torturată? se gândi ea, stăpânindu-și lacrimile. E posibil să mor din cauza asta? Nemernicul ăsta a plănuit să mă omoare de la început. Dacă supraviețuiesc, o să mă răzbun!*

Dar Willem avusese dreptate. Durerea dispărea, fiind înlocuită treptat de dorința de la început. Trupul ei se adapta ușor prezenței lui străine. Bărbatul începu să se miște, iar corpul ei îi răspundea instinctiv. Își pierdură amândoi mințile în fața plăcerii, cuprinși de mrejele pasiunii.

Răsărea soarele deja, când Willem se întorse în camerele sale. Joanne adormise aproape imediat după ce se dezlănțuiseră. Lui i-ar fi plăcut să facă din nou dragoste cu ea, dar soția lui era încă o novice a Afroditei, iar el putea fi destul de răbdător... până diseară. Zâmbetul pur şi simplu nu voia să-i dispară de pe buze. Era fericit.

Abia când ajunse în birou îşi aminti că mai exista şi Ambrose şi că ar fi trebuit să poarte o discuție serioasă şi cu el. Totuşi, nu regreta nimic. Voia să-l anunțe că renunțase la planul lui idiot. La naiba! Aia era femeia lui. Doar el avea voie să o atingă. Nu putea permite nimănui să-i facă vreun rău.

Ambrose se trezi mahmur.

– Ambrose, schimbăm planul. Îi putem prinde fără niciun sacrificiu. Ideea mi-a venit ieri când ai pomenit de secta asasinilor şi după ce am verificat detaliile răpirilor şi crimelor...

– Omule, zău că nu te înțeleg! i-o tăie el enervat. Planul era să...

– Ştiu care era planul tău, accentuă Willem ultimul cuvânt, dar nu mai vreau să fac parte din el, nu cu prețul vieții soției mele. O să te ajut, desigur, dar nu aşa.

– Tu te auzi ce spui? De când îți pasă ție de nevastă-ta? În alea două săptămâni dinaintea nunții mi-ai zis clar ce respingătoare e ființa aia. Şi la doar trei zile după nuntă ți-ai schimbat radical părerea? Țărăncuța aia grasă şi proastă a devenit deodată femeia visurilor tale? N-ai fost îndrăgostit niciodată şi tocmai acum s-a întâmplat? Tu, care credeai că o căsnicie e o cuşcă şi ai refuzat atâtea femei frumoase, inclusiv pe Mary a mea.

– Să nu îndrăzneşti să o mai insulți în casa mea. Ție

ţi-e uşor să mă îndemni să o trimit de bunăvoie la moarte, dar nu ştii nimic despre ea. Nu e deloc proastă, dimpotrivă... Şi e bună la suflet, îi pune mereu pe alţii pe primul loc... M-am înşelat în privinţa ei.

– Mă bucur că tu nu ai nimic împotrivă să te culci cu un porc. Cred că ţi-au scăzut standardele şi Dorothy Swan a fost ultima ta femeie adevărată... Păcat că ea încă tânjeşte după un idiot ca tine.

Willem se ridicase deja de la birou furios. Faţa lui Ambrose era foarte nesuferită deodată, la fel şi gura lui mare. Joanne bătu la uşă atunci şi intră direct, surprinzându-l pe duce cu pumnul suspendat în aer.

– Mă scuzaţi, spuse ea zâmbitoare, aşezând pe masă tava cu ceai şi dulciuri, nu îndrăzneam să deranjez, doar că voiam neapărat să vă cunosc, domnule Copeland. Willem mi-a povestit multe despre dumneavoastră, astfel că mă bucur că sunteţi aşa buni prieteni.

– Nu aş fi aşa de sigur de asta, doamnă! zise Ambrose pe un ton dispreţuitor, ignorând mâna întinsă de ea. Eu am treburi urgente de rezolvat, aşa că vă urez o zi bună.

Willem scrâşni din dinţi când roşcatul trânti uşa în urma lui şi se întoarse repede spre Joanne, care se aşezase la măsuţă şi îşi punea un cub de zahăr în ceai.

– Ai auzit ce am vorbit?

– Mi-ar fi fost chiar greu, de vreme ce prietenul tău zbiera de se auzea pe hol, răspunse ea calmă.

– Nu eşti furioasă?

– Nu chiar, sunt mai surprinsă că mi-ai luat apărarea. La asta nu mă aşteptam, recunosc.

– La ce te referi? Îmi dai impresia că ştii mult mai multe decât atât, Joanne.

– Oh, dragule. Nici n-ai idee.

Joanne reproduse convorbirea lor din parc în urmă cu două săptămâni, imitând pe rând vocea lui Willem şi a lui Ambrose. Ducele se albi la faţă ca varul.

– Te-am speriat? râse ea, vorbind cu vocea ei obişnuită. Tata mi-a zis să nu fac asta când sunt la oraş, pentru că s-ar putea să sperii oamenii, dar e cam greu să te dezobişnuieşti de vechile obiceiuri. Trebuie să admit că voiam să mă delectez acum cu expresia ta terifiată, ca să mă răzbun puţin pentru insultele aruncate la adresa mea. Nu înţeleg însă de ce ai renunţat la planul de a mă folosi pe post de momeală, când adevărul e că nu mă suporţi.

Willem o privi mult timp în tăcere, stând rezemat de perete neclintit. Nu se mai confruntase niciodată cu aşa ceva. Joanne chiar avea o latură terifiantă, ceea ce îl făcea şi mai curios în privinţa ei. În plus, era sinceră. Sosise momentul să dea şi el cărţile pe faţă.

– Adevărul e că îmi eşti dragă, Joanne! rosti el apăsat, aşezându-se la birou în faţa ei şi servindu-se cu ceai.

– De când? Nu ţin minte să-ţi fi încurajat în vreun fel purtarea dinainte de căsătorie sau după.

– Nu, râse el. Tu îmi vorbeai de Elena Sweetpea sau de alte fete ca să-mi iau gândul de la tine, şi tocmai asta m-a îndârjit să mă ţin de tine. Devenise personal. De ce rezistai avansurilor mele? Când mi-ai dat şansa să mă retrag, mi-ai stârnit curiozitatea. Ce secrete ascundeai? Mă refuzai din cauza altuia sau o fi fost ceva mai sumbru? Eram gelos pe Edelweiss că îţi captase toată atenţia. Totuşi, nu mi-am dat seama că mă atragi la momentul respectiv. Mă încăpăţânam să te iau de soţie ca să nu-mi fie rănit orgoliul. Da, ştiu ce egoist sunt că nu ţi-am dat de ales de la bun început, dar nu regret nimic. Ciudat, îmi aminteam de planul lui Ambrose doar când îl întâlneam, în rest, mă gândeam doar la tine. Şi acum tot la tine mă gândesc, mai ales la dimineața asta...

– E incredibil! zise Joanne, dregându-şi vocea ca să-l aducă cu picioarele pe pământ, deşi zâmbetul lui obraznic persista. Olivia mi-a spus înainte să o trimit la tata, că dacă vreau să obțin ceva de la tine va trebui să te seduc. Desigur, mie mi se părea imposibil, de aia am ales calea uşoară, adică te-am adormit, folosind extract de valeriană.

– M-ai vindecat de insomnii, râse el. De ce ți se părea imposibil?

– Pentru că diferența dintre noi e mai mult decât evidentă. Eşti frumos, bogat, inteligent, adorat în societate şi... bla, bla, bla, hai că îți ajung complimentele pentru un an.

– Nu mă supăram dacă mai continuai puțin, dar tot nu înțeleg de ce îți era imposibil să asculți sfatul Oliviei.

– Pentru că am văzut că îți place Elena şi eu nu pot concura cu aşa ceva. În afară de inteligență şi câteva talente ascunse, care sperie oamenii de obicei, de aia sunt ascunse, nu am altceva cu care să atrag atenția, iar aici contează mult felul în care arăți. E ca şi cum Elena e cel mai minunat desert văzut vreodată, iar eu sunt ca... dulceața de cireşe amare. De aia n-am avut încredere în tine de la început.

– De ce? Pentru că am preferat dulceața de cireşe amare în locul unui desert minunat?

– Nu. Da. Dacă ai fi fost în locul meu, nu intrai la bănuieli?

Willem zâmbi. Era uimitor că ea putea glumi cu atâta uşurință în legătură cu situația ei. Avea multe întrebări să îi pună, dar nu ştia de unde să înceapă. Joanne se simțea complexată de felul în care arăta, probabil de când făcuse cunoştinţă cu superficiala lume londoneză, care îi amintea constant de ce nu se potrivea în peisajul ei strălucitor monoton, unde totul se baza pe aparenţe, în plus, mai avea şi o mătuşă ca lady Penrose. Brusc, îşi aminti ceva din urmă cu două săptămâni.

— Joanne, dacă ţin bine minte, tu nu erai de faţă când vorbeam cu Ambrose. M-am convins că poţi imita înfiorător de bine alte voci, dar cum ai auzit ce discutam?

— Uite un alt talent ascuns, pot citi pe buze.

— Hmmm, interesant. Şi de unde ştii de secta asasinilor? Şi sticluţele alea din cufărul tău...

— Am citit multe cărţi şi evident, istorisirile cu plante halucinogene m-au fascinat dintotdeauna. Majoritatea acelor substanţe le folosesc ca medicamente.

— Şi care e otrava?

— Nuca vomica. Poate.

— Cum adică poate? Ai şi alta?

— Gata cu întrebările, chicoti Joanne, luându-şi o expresie serioasă. M-ai supărat destul când mi-ai umblat printre lucruri şi mi-ai furat valeriana. Doar nu crezi că-mi voi dezvălui aşa uşor secretele în faţa unuia care plănuia să mă folosească drept momeală. Deci noaptea trecută erai treaz când eu...

— Mă ţineai între picioarele tale, da, recunoscu el, iar ochii verzi îi străluciră şireţi.

— Atunci de ce te-ai prefăcut că dormi?

— Eram curios ce vei face, în plus, stăteam al naibii de confortabil şi...

— Dacă ai auzit totul, atunci ştii de planul meu de a-ţi acorda divorţul, atunci de ce azi-dimineaţă m-ai sedus, păcătosule?

– Eu te-am sedus?! se revoltă amuzat ducele. Cred că nu ştii despre ce vorbeşti, doamnă! Tu m-ai făcut să-mi pierd minţile de când ne-am căsătorit, iar ieri ai întrecut măsura. Şi să nu cumva să-mi mai pomeneşti vreodată de divorţ.

– Cum am întrecut măsura? N-am făcut nimic. De aceea div...

– Nu, rosti el hotărât, ducându-se spre uşă şi închizând-o cu cheia. Ai profitat de mine şi m-ai sedus, asumă-ţi responsabilitatea! Mă acuzi că am fost de acord cu planul odios al lui Ambrose, dar ţin să-ţi amintesc că nu l-am pus în aplicare şi deja renunţasem la el înainte de nuntă. Nu ţi-am făcut nimic rău, doar am cerut ce mi se cuvine de la soţia mea. Tu, în schimb, m-ai adormit, ţi-ai băgat năsucul prin toate cotloanele şi prin biroul meu, ţi-ai încălcat promisiunea, m-ai dezbrăcat, m-ai călcat în picioare, îţi scuturai poalele rochiei în faţa mea, am vrut să purtăm o discuţie serioasă şi tu erai goală! Cât control crezi că am?

– N-am făcut-o intenţionat! se dezvinovăţi ea cu un aer inocent, crezând că se purtase oribil. De aceea insist să divorţăm.

– Din ce cauză?

– Ăăă... lipsa afecţiunii?

– Din partea ta observ.

– Nu!

Willem se duse în cel mai îndepărtat colţ al camerei, de unde vorbi fără să scoată un sunet.

– *„Ieri ţi-am făcut o promisiune", traduse Joanne, crezând că ducele îi pune la încercare talentul de a citi pe buze. „Înainte să ne vină ieri oaspeţii, am promis că dacă stai cuminte vei primi tot ce vrei, iar tu ai fost cuminte şi toată noaptea. Mi-am încălcat-o. Aşa că vreau să mă ţin acum de cuvânt şi să plătesc pentru...*

*dragostea de care te-am privat zilele şi nopţile trecute..." Ce? Stai!*

– Draga mea, râse Willem încântat, punând cheia de la uşă pe cel mai înalt dulap, ce nerăbdătoare eşti să-ţi îndeplineşti datoria de soţie. Iar eu nu-ţi pot refuza nimic din ce-ţi face plăcere. Hai să-ţi arăt de ce îmi place în mod deosebit camera asta!

– Dar tocmai aveam o discuţie foarte importantă! protestă Joanne, îmbujorându-se.

– Da, pe care o vom continua la birou, îi făcu el poznaş cu ochiul. Pe birou... Eu mă descurc şi sub birou.

Ducele îi dovedi timp de câteva ore câte minuni pot face conversaţiile lungi în biroul său.

# CAPITOLUL 12

Discuția cu Ambrose îl pusese pe gânduri pe Willem. Înțelegea că situația nu se va schimba dacă o ignora și nici nu avea garanția că s-ar putea rezolva de la sine. Ca să se asigure că uciderile nu mai continuau, trebuia să ajute la prevenirea lor, dar într-un mod foarte discret și categoric, să o țină cât mai departe pe Joanne de vreun posibil pericol. Deși ea se oferise să-l ajute, el refuzase cu încăpățânare. Să ia investigația pe cont propriu ar fi fost o bătaie de cap inutilă și ar fi pierdut timp, prin urmare era dispus să lucreze cu Ambrose din nou, deși avea sentimente contradictorii în privința lui de la ultima întâlnire. Pe de o parte, voia să stea cât mai aproape de soția sa, ca să se asigure că nu i se întâmplă nimic, iar pe de alta, considera că e mai bine să termine treaba mai repede, poate cât ucigașii nu puseseră ochii pe o nouă victimă. Se decise, astfel că a doua zi după cearta cu Ambrose, purtă o discuție cu Joanne.

— Scumpa mea, în următoarele zile voi fi plecat cu niște afaceri. Mi s-au pierdut două corăbii și vreau să aflu ce s-a întâmplat și cine sunt făptașii. Va dura ceva vreme, așa că te rog să nu te îngrijorezi. Oh, și categoric îți interzic să ieși în oraș sau oriunde altundeva zilele următoare. Dacă te invită cineva, inventează o scuză. Ești nevoită să mă aștepți!

– Toate astea doar pentru că pleci undeva? zise ea pe un ton aproape rece, cu care Willem nu era deloc familiarizat. De ce nu mă închizi pur şi simplu într-o cuşcă?

– Joanne, te rog! Promite-mi că mă vei asculta de data asta! Ştii de ce îmi fac griji.

– Da, milord! Ştiu prea bine şi nu e nevoie să te îngrijorezi. Nu sunt aşa populară, încât să mă invite cineva la baluri sau la picnicuri. Dacă aş primi astfel de invitaţii, ţi-ar fi adresate ţie de fapt. Nu te învinovăţesc. Ba chiar voiam să te rog ceva. Nimic complicat. Sunt o fată simplă. Am văzut că în spatele grajdurilor, aproape de lacul de lângă dumbravă, servitorii foloseau o baracă de lemn unde îşi ţineau uneltele, dar e veche şi putredă. Nu mai foloseşte nimănui, aşa că mă gândeam să folosesc terenul acela pentru o grădină sau o seră. Una micuţă... cum aveam acasă.

– Poţi schimba orice doreşti pe domeniu, dar dacă lucrezi afară, asigură-te că ai cât mai mulţi servitori cu tine. Să nu ieşi singură nicăieri.

– Mulţumesc mult. Drum bun!

Cu asta, Joanne se întoarse să iasă din cameră, dar Willem o prinse din urmă, lipind-o cu spatele de uşă.

– Iubito, n-ai uitat nimic?

– Ah, ba da, dacă tot mergi cu afaceri, cumpără-mi nişte plante rare sau nişte seminţe de flori... Pentru grădina mea. Ar însemna mult pentru mine.

– Bine. N-ai şi altceva să-mi spui?

– Rămâi cu mine, iubitule! şopti ea seducător, făcându-l să se topească aproape. Aş vrea să te păstrez doar pentru mine. Fură-mi un sărut, fură-mi-le pe toate!

Bărbatul se repezi asupra buzelor ei, dar Joanne se feri, scăpând din braţele lui şi începând să chicotească.

– Dar uite că nu sunt egoistă şi te las şi altora care au neapărată nevoie de tine. Când te vei întoarce, îți voi pregăti o surpriză dulce ca să mă revanşez. Te aşteaptă oamenii afară. Du-te!

– Prefer prăjiturile fără valeriană. Iar ei să aştepte. Renunți aşa uşor la mine? Parcă eşti nerăbdătoare să mă vezi dus, dar sunt sigur că e doar o impresie greşită. Acum, vino încoace, că nici nu mă gândesc să plec la un drum lung fără un sărut. O să fie vina ta, dacă vor aştepta servitorii până diseară.

Joanne oftă prelung, abținându-se cu greu să nu-şi dea ochii peste cap, dar ascultătoare, îi oferi buzele soțului ei. Willem plecă un sfert de oră mai târziu, deşi cu siguranță i-ar fi plăcut să mai rămână, însă cu fiecare clipă petrecută în preajma ei, dorința lui de a-l ajuta pe Ambrose cu investigațiile scădea treptat. Femeia îl privi până dispăru din vedere, apoi răsuflă uşurată. Ca să-şi pună planurile în aplicare, se baza pe absența lui Willem, iar el fiind un om cu mare influență, nu putea sta acasă prea mult. Nu-şi putea ignora afacerile şi alte treburi de importanță majoră, tocmai de aceea ea se putea folosi de perioada absenței lui ca să rezolve problema care o făcuse ținta unui duce, şi anume cazul la care lucra el. Ştia că bărbatul nu i-ar fi permis să se implice în ceva aşa periculos, dar dacă nu afla, nu avea cu ce să-l afecteze.

Camerista ei, Olivia, tocmai se întorsese de la bătrânul Bright, însoțită de servitorii cu care tânăra copilărise. Expresiile lor erau cam posomorâte şi nu schimbară prea multe vorbe cu Joanne, iar ea îi ceru explicații pentru starea lor Oliviei.

– Nu e vina lor, domnişoară... doamnă, răspunse

femeia cu o voce tristă. Starea de sănătate a tatălui domniei tale nu e aşa rea precum aţi crezut din scrisorile primite, doar că... în zilele de dinaintea nunţii şi chiar şi după, domnul Bright a primit neplăcuta vizită a verilor dumneavoastră, ştiţi doar, cei care vor moşteni proprietatea după... trecerea în nefiinţă a stăpânului. Ah, ce persoane neplăcute! De faţă cu dumnealui inspectau casa şi vorbeau de îmbunătăţirile pe care le vor aduce când va fi a lor. Se purtau ca şi cum le aparţinea deja. Adevărul e că bătrânul lord se simţea rău din cauza lor mai mult, căci o simplă răceală de sezon nu îl putea copleşi într-atât, dar o vizită la Londra îi era imposibilă atunci. Verii domniei tale au vânat pe domeniul Bright, deşi domnul le-a interzis şi s-a întâmplat să împuşte pe cineva... Ei susţin că a fost un simplu accident... A fost un scandal oribil, dar măcar omul a scăpat cu viaţă şi nu va trebui să folosească pentru tot restul vieţii cârje, iar lordul Bright i-a oferit o sumă lunară pentru daunele suferite ca să îşi poată creşte cei trei copii... Apoi, abia s-au liniştit puţin lucrurile şi un servitor de la grajduri a descoperit că lipseau doi cai şi, bineînţeles, s-a aflat că cei doi veri i-au vândut, pe motiv că animalele fuseseră bolnave şi că scoseseră profit de pe urma lor pentru că le vânduseră unor nepricepuţi. Au furat şi...

– Spune odată! se răsti Joanne furioasă, cu toate că era conştientă că femeia nu avea nicio vină.

– Câteva dintre bijuteriile mamei dumneavoastră... le-au dat unor fete pentru plăceri. Ba chiar am auzit că cei doi tineri caută deja cumpărători ai domeniului. Ei zic că nu vor să stea în „cocina" aia, că sunt oameni de oraş, prin urmare, vor să vândă casa şi domeniul, însă preţul cerut e prea mare pentru adevărata lor valoare materială. Au plecat alaltăieri în Londra, lăsându-l într-o stare lamentabilă pe tatăl dumitale. Părea mai bătrân cu vreo câțiva ani după vizita lor, dar şi furios. Aş mai fi rămas cu el, dacă nu mi-ar fi poruncit să mă întorc.

– Cred că tata e într-o dilemă şi e supărător faptul că trebuie să renunțe la proprietatea aceea în favoarea unui moştenitor de parte masculină. La naiba cu legea asta! Sigur a fost făcută de un nebun care ura femeile. Mă mir că oamenii o acceptă încă. Mi se rupe inima când văd că locul acela, care era doar al meu, va fi dat pe mâna unor ticăloşi. Şi ar fi o prostie să-l cumpăr, când îmi aparține mie de drept, dar se pare că nu am de ales.

Fără să mai stea pe gânduri, Joanne le scrise verilor ei. După prezentările de rigoare, în care nu le aducea la cunoştință cine e de fapt sau dacă are vreo legătură cu baronetul Bright, ea se dădea drept o ducesă în căutarea unui loc liniştit la țară, în Norfolk de preferat, unde să îşi petreacă bătrânețea şi menționa că prețul nu era o problemă, dar cum îi plăceau foarte mult antichitățile şi obiectele vechi cu o istorie interesantă în spate, ținea neapărat ca lucrurile să rămână la locul lor.

– Ei cer un preț mare, milady! spuse Olivia îngrijorată. Şi le-ați spus că banii nu sunt o problemă, iar ei vor cere şi mai mult. Aveți o asemenea sumă?

– Nu, dar pentru ducele de Starlight orice sumă propusă de ei e ca o picătură într-un ocean. O să-l conving să mă ajute, astfel ca după despărțire să am unde mă întoarce.

– Despărțire?! Dar de ce? După felul în care se purta cu domnia ta, credeam că e îndrăgostit şi că totul merge bine între voi.

– Ai plecat doar pentru câteva zile, Olivia. Nu s-au schimbat prea multe. Am petrecut ceva timp împreună şi poate chiar şi el se amăgeşte că mă place, dar imediat ce îşi va vedea amanta sau pe domnişoara Sweetpea îşi va reveni în simţiri şi probabil va crede că am folosit ceva asupra lui, ca să-l aduc în starea aceea. Oamenii nu se răzgândesc aşa uşor când au un plan, dar în schema asta al lui, eu nu vreau să fiu o victimă şi îmi doresc să îl ajut să descopere făptaşii mai repede. Totuşi, după ce se termină, iar eu rămân în viaţă, va considera că nu mai are de ales, că a făcut o greşeală. E un om de cuvânt şi nu mi-ar face rău intenţionat şi chiar dacă am ajuns să ţin la el, vreau să îi dau şansa să aleagă. Avem o singură viaţă şi aproape toţi căutăm iubirea. Ar fi păcat să îi răpesc tocmai eu şansa de a fi fericit cu persoana pe care o iubeşte. Ştii că nu îmi pasă prea mult de bârfe. Mă voi întoarce acasă, la adevărata mea casă.

– Nu vă gândiţi deloc la fericirea dumneavoastră? Şi la ce vorbe va trebui să suporte la bătrâneţe stăpânul Bright?

– Ah, tatei nu îi pasă. Singurul lucru important din viaţa lui a fost mama şi povestea lor de dragoste a fost minunată. Recent, când am avut primul bal, mi-am imaginat că ar putea fi posibil să trăiesc o astfel de iubire ca a lor... E ciudat. Sunt confuză în privinţa lui Willem. A fost o clipă în care chiar mi-a trecut prin minte că l-aş putea face fericit... Dar eu nu sunt aşa... Când mă voi întoarce acasă, poate cândva voi face o călătorie ca aia din tinereţea părinţilor mei. Poate îmi vei arăta mai multe din ţara ta de origine, Olivia. Nu ţi-e dor de China?

– Milady, voi fi mereu alături de tine, însă cred că altruismul tău nu e altceva decât teamă în cazul ăsta. Relaţia domniei tale merită o şansă, indiferent de motivul de la care a pornit. E prea devreme să vă faceţi planuri. În plus, sunt mari şanse ca mulţi să nu fie de acord.

Joanne zâmbi şi o trimise să ducă scrisoarea verilor, iar după plecarea Oliviei, un servitor îi aduse un bilet în care Isabella îi scria că urma să o viziteze spre amiază, astfel că femeia se aranjă şi se duse în bibliotecă, aşteptându-şi răbdătoare vechea prietenă şi noile ei secrete, pe acordurile unei ploi uşoare de vară.

# CAPITOLUL 13

Joanne aştepta tăcută în bibliotecă. La un moment dat, îşi lăsă cartea din mână şi privi pe fereastră, lăsându-se purtată de reverie. Vremea era ceţoasă şi ploua mărunt. Iubea furtunile. Se îndoia însă că musafira şi-ar mai face apariţia în ziua aceea.

Îşi amintea cât de mult ura Isabella zilele mohorâte în care ar fi fost nevoită să iasă afară şi să meargă pe drumurile noroioase de ţară, dar tocmai aşa se întâlniseră când aveau vreo treisprezece ani. Locuiau relativ în apropiere una de alta, deşi aflaseră asta mai târziu. Părinţii Isabellei nu erau bogaţi, dar tatăl îşi cumpărase un titlu la insistenţele soţiei, care avea nişte rude nobile şi voia neapărat să fie şi ea în rând cu ele. Familia ei prinsese o perioadă înfloritoare din comerţ şi tot pe atunci i se dezvoltase şi fetei gustul pentru tot ce era nou şi frumos. Voia întotdeauna să arate impecabil, însă dădea cu generozitate hainele vechi şi copiilor care nu aveau aşa multe, cum a crezut la început despre Joanne, care se plimba prin ploaie cu rochiţa udă şi plină de noroi pe la poale şi cu pantofii murdari, deşi ieşise doar să cumpere pâine. Isabella făcuse cumva rost de o umbrelă pentru ea şi îi mai dăduse şi câteva chifle calde. Se întâlniseră apoi când Joanne îi returnă umbrela şi deveniseră oarecum apropiate. Desigur, Isabella nu îi cunoştea starea şi o tratase ca pe o nevoiașă cu o educație precară, însă își dădu seama la scurt timp de condiția noii sale prietene, care îi aducea mereu cărți noi și îi povestea lucruri interesante de peste mări și țări. Dar fetițele cresc și vor să cunoască oameni noi...

– Milady, o anunță majordomul, a sosit doamna Isabella Sheldon.

– Condu-o aici și spune-i servitoarei să aducă niște ceai și gustări.

Majordomul se înclină și ieși din încăpere. Intră o femeie foarte slabă și palidă. Ochii ei păreau anormal de mari, aproape ieșiți din orbite, înspăimântori în contrast cu fața bolnăvicioasă. Purta o rochie simplă, murdară de noroi și un șal subțire, nepotrivit pentru așa o vreme. Pălăria nu o ajuta prea mult. Avea părul ud și firicele de apă i se prelingeau pe la tâmple.

– Excelență, bolborosi Isabella rușinată, făcând o plecăciune așa adâncă, încât Joanne se temea că se va dezechilibra și va cădea peste măsuța din fața lor. Aș fi venit mai devreme la invitația domniei voastre, dar scrisoarea s-a cam rătăcit și abia azi am primit-o. Vă rog să-mi scuzați întârzierea.

Joanne nu se așteptase la o schimbare așa mare, chiar dacă nu o mai văzuse de câțiva ani. Necunoscuta nu avea nimic din strălucirea și veselia prietenei ei, dar nu o lăsă să-i observe nedumerirea, ci îi făcu semn să se așeze, încercând să se poarte ca și cum ar fi păstrat până recent legătura.

– Mă bucur mult să te revăd. Servește-te cu tot ce dorești! Ceaiul te va mai încălzi puțin. Poftim un prosop. M-am bucurat mult să aud că ți-ai făcut planuri să mă vizitezi și mai ales că ai putut veni pe o vreme așa mohorâtă. Știu că nu-ți plac zilele ploioase. Ce-ai mai făcut? Nu am mai auzit nimic de tine de vreo doi ani. Îmi era teamă dacă te-am supărat în vreun fel. Primul meu gând când am ajuns în Londra cu câteva săptămâni în urmă a fost să dau de tine. Nu am avut libertatea să fac precum îmi doream, căci m-am căsătorit în grabă, mai mult obligată de circumstanțe şi de rude, însă acum s-au mai potolit lucrurile.

– Şi eu mă bucur să vă revăd, milady. Sunteți la fel de generoasă ca întotdeauna şi sper că familia soțului vă tratează după cum meritați.

– Am rămas aceeaşi, Isabella. Nu țin la formalități, doar mă ştii.

– Da, vă cunosc prea bine şi mi-e ruşine de ceea ce ați aflat deja despre mine imediat ce am intrat în camera asta.

Joanne îi susținu privirea şi zâmbi. Isabella nu se schimbase prea mult.

– Nu ai dus-o deloc bine, Isa. Nu am greşit adresa scrisorii, a fost trimisă la reşedința familiei soțului tău, dar voi nu mai locuiți acolo, nu-i aşa? N-aş vrea să-mi formez o părere greşită. Te-aş ruga să-mi dai mai multe detalii, nu pentru că aş fi curioasă sau ca să te defăimez în vreun fel, ci doar ca să îmi dau seama dacă îți pot fi de folos cumva.

– Nu vă scapă nimic niciodată, surâse cu tristețe femeia. Aveam dubii înainte să vin aici, dar tocmai pentru că am mare nevoie de ajutor, nu-mi mai pot permite să-mi dicteze mândria. Nu am ajuns astfel din vina mea şi să continui e ca şi cum m-aş condamna singură la ceva ce nu merit. Până în urmă doi ani aveam totul: o familie iubitoare, o casă, haine, mâncare, o situație socială bună. Lovitura a venit prea brusc, deşi văzusem unele semne ale declinului de dinainte. Poate dacă aş fi acționat atunci, aş fi putut preveni ceea ce s-a întâmplat mai târziu. Nu ştiu, m-am săturat să mă gândesc mereu la „cum ar fi fost dacă". Culmea, mi-am învins impulsul de a vă chema în ajutor, pentru că nu voiam să afle cineva cunoscut ce pățisem, mai ales la cât m-ați lăudat în primele noastre scrisori de după căsătoria mea. Nu aş fi suportat mila altora.

– Oamenii care au avut totul nu acceptă mila altora care nu au experimentat vreodată situația lor, dar nu am înțeles niciodată ce e aşa rău cu empatia față de o persoană, indiferent de rangul ei. Nu e un semn al slăbiciunii cum pare a crede toată lumea, e un semn că îți pasă şi nu eşti indiferent la suferința altcuiva. Nu mai poți ajuta pe nimeni dacă moare, de aia trebuie s-o faci când trăieşte. La ce te ajută mândria în dizgrație? Gurile rele vor vorbi oricum în necunoştință de cauză, căci doar atât pot face în lipsa unor acțiuni concrete care ar fi direct implicate în viața unui om.

– Oare câți ar înțelege acest lucru, milady? Sigur prea puțini din zilele noastre. Soțul meu căzuse în patima băuturii şi a jocurilor de noroc. Pierdea mereu sume mari la casele de pariuri şi... căuta compania altor femei, după ce eu insistam să avem un copil. Ca să le aibă la dispoziție, le-a dat bijuterii la început, apoi când banii s-au terminat, el a împrumutat de la alți lorzi, îngropându-ne în datorii pe care nu avem nicio şansă să le plătim. Am pierdut tot, mai puțin viața. Stau în casa unei foste servitoare, care a fost suficient de bună să ne dea un adăpost deasupra capului mie şi soacrei mele senile. Părinții mei sunt morți şi nu am unde mă întoarce. Recent, am încercat să mă angajez ca servitoare la casa unei contese, dar ea îmi cunoştea soțul şi mi-a cerut datoria. Oriunde merg, oamenii bârfesc. Nu mă pot baza pe nimeni. Am dat peste scrisoarea domniei tale doar pentru că mi-a trimis-o un servitor care mai lucrează în vechea mea casă.

– Unde e soțul tău?

– Nu știu, se zvonea că e mort sau se ascunde pe undeva. Nu am mai auzit nimic de la el de mai bine de jumătate de an.

– Nu l-ai căutat. Nu țineai deloc la el?

– Începutul căsătoriei noastre a fost minunat, chiar l-am iubit și credeam că mă iubește, până am aflat că avea câteva amante, el se înfuria de câte ori venea de la femeile alea și mă bătea acasă. Fără niciun motiv de multe ori. Mă făcea responsabilă pentru tot ce i se întâmpla rău lui. De ochii lumii, am îndurat situația și mă prefăceam că sunt fericită... Tocmai de asta am întrerupt legăturile și nu v-am mai trimis scrisori. Îmi era teamă că vă veți da seama de nefericirea mea și... nu voiam să mă simt inferioară, să depind de dumneavoastră, mai ales când primeam încurajările altor doamne și ele păreau să mă înțeleagă. Am crezut că am deja prietene gata să fie acolo în momentele mele grele. Nu-mi mai răspunde niciuna, indiferent câte scrisori le trimit și asta numai să le întreb dacă o duc bine.

– Nu mă mai domni atâta. Pui o barieră între noi. Mă ții la distanță. Știi, Isa, cred că în curând voi merge la casa mea de la țară. Dacă vrei, poți veni cu mine.

– Casa baronetului Bright? făcu ea uimită, apoi se încruntă. Ducele Starlight se poartă urât cu dom... tine? Ah, trebuia să-mi fi dat seama imediat ce-am pus piciorul aici. Cum de am uitat de toate bârfele care circulau pe seama lui?! Ați pomenit de o căsătorie forțată din cauza rudelor... Iar eu vă amărăsc cu problemele mele. Îmi pare nespus de rău.

– Nu e asta, Isabella. Dar despre ce bârfe e vorba?

– Despre nenumăratele sale amante și scandaluri... O domnișoară l-a acuzat că a necinstit-o și că se oferea să-i fie soție ca să nu-i facă numele de rușine, dar el a refuzat. Tatăl ei e invalid, așa că nu-l putea provoca la un duel, iar bârfele au agitat tot orașul. Totuși, m-am întrebat adesea cum de a recunoscut domnișoara respectivă așa ceva în public, când era mai indicat să încerce să găsească o rezolvare în liniște. Mai toate scandalurile în care era implicat aveau legătură cu femeile.

– Înțeleg, oftă Joanne. Ai vrea să lucrezi pentru mine? Ca modistă. Încă mai păstrez rochițele făcute de tine.

– Aș fi încântată, Excelență! strigă Isabella, plângând de bucurie.

– Minunat. Vei veni de două sau trei ori pe săptămână. S-a întunecat afară. Încă plouă. Voi trimite pe cineva să te ducă până acasă cu trăsura și ia la pachet toate gustările astea. Abia aștept să te revăd ca să-mi povestești mai multe.

Femeia îi mulțumi din suflet când Joanne o conduse până la trăsură. Chiar înainte de a pleca, majordomul îi ceru învoire ducesei să meargă cu doamna Sheldon, din motive care țineau de siguranța ei. După ce i se dădu voie, bărbatul plecă în aceeași clipă. Joanne își dădu imediat seama că majordomului nu-i păsa prea mult de Isabella, ci avea alte îndatoriri, probabil să-i dea raportul soțului ei. Dacă ar fi știut din timp, l-ar fi urmărit, dar așa, nu apucase să-și pregătească nimic din ce avea nevoie, astfel că se duse bombănind în camera ei. Avea nevoie de odihnă, de vreme ce a doua zi urma să-și pună planurile în aplicare.

# CAPITOLUL 14

Willem ştia unde se ascundea Ambrose în timpul investigaţiilor şi anume într-un hotel de la marginea oraşului. Ca să-şi ascundă semnele nobiliare, renunţase la hainele obişnuite şi se îmbrăcase ca un valet, încercând pe cât posibil să se deghizeze când ieşea în recunoaştere. Proprietarul hotelului era un om foarte discret, cu care mai lucrase în trecut, astfel că nu trebuia să-şi facă griji în privinţa lui, ceea ce considera a fi un lucru bun, mai ales că nu prea găseai locuri prielnice în care să te ascunzi în Londra. Dăduse peste Ambrose chiar de la intrare şi îl recunoscuse imediat, în ciuda perucii brune şi a bărbii stufoase.

– Ce cauţi aici? îl întrebă roşcatul, când se retraseră în camera lui.

– Ce-i evident deja, i-o trânti Willem de parcă îi era silă să-i vorbească.

– Atunci spune-mi evidentul, că eu nu-l văd.

– Te ajut cu investigaţiile, dar aşa cum trebuia s -o fac de la început, fără să-ţi accept ideea stupidă cu căsătoria şi sacrificarea soţiei. Deşi căsătoria nu a fost o idee proastă, doar partea cu sacrificiul.

– În cazul ăsta, de unde începem?

– Am cercetat atent fiecare scrisoare în parte şi am

găsit câteva detalii interesante. Deşi par a fi scrise de aceeaşi persoană, una a fost copiată după original. Unele litere aveau o anumită unduire nefirească, tremurătoare pe alocuri. Cel care a scris-o a exersat de mai multe ori până i-a reuşit... aproape. Mă refer la una dintre scrisorile de răscumpărare a soției lui Salvin sau Wood. Biletele celor ucişi sunt scrise de o singură persoană, ceea ce mă face să mă întreb de ce e diferită scrisoarea. Iar contrar mesajului, cum că ar fi parte dintr-o sectă de asasini, tocmai partea asta nu se potriveşte cu „femeile-demon". Metoda preferată de ucidere a sectei asasinilor era legarea de mâini a ereticilor, îngenunchierea lor la pământ şi decapitarea, la fel ca sacrificarea oilor. Totuşi, în crimele astea s-au folosit metode de tortură cu fierul înroşit, tăierea degetelor şi alte mutilări, aş zice după felul Inchiziției. Vor să ne facă să credem că sunt pretutindeni şi au controlul situației, dar cel mai probabil în spatele răpirilor stă o mână de oameni cu influență, dar nu aşa mulți cum lasă impresia, de aia şi teama lor de a fi deconspirați în societate. Dacă lumea ar vorbi despre crimele lor, cariera lor prolifică s-ar sfârşi. Ne putem folosi de faptul că ei se cred în siguranță.

– Deci vrei să le dăm faptele pe față ca să huiască Londra? Nu te temi că vor ucide oamenii peste tot dacă te înşeli?

– Nu, dar nu vom face asta încă. Salvin şi Huxley au plătit răscumpărarea, conform instrucțiunilor... Au trimis o servitoare la miezul nopții pe domeniul lor ca să livreze banii. Servitoarea a fost împuşcată şi cadavrul soției pus alături. Lady Salvin încă trăia. Un grup mare de oameni ar fi atras atenția... În plus, dacă femeia ştia că are bani în posesia ei şi bănuia că se va întâlni cu nişte asasini care-i răpiseră stăpâna, sigur ar fi fugit, prin urmare, la asta ajută cererea cu păstratul tăcerii față de toți. Ai scrisorile de răscumpărare de la Salvin, Wood, Jenner. Jenner e mort. Vorbește cu Salvin și Wood. Unul dintre ei sigur minte cu privire la misiva lui sau ceva s-a întâmplat când a primit-o. Și de asemenea, caută în cercul ăsta de lorzi pe cei care au probleme financiare și au cheltuit recent mari sume de bani. Trebuie să vedem în ce s-au băgat respectivii lorzi de au primit un asemenea tratament. Caută și pe la casele de pariuri sau oriunde se pot pierde și câștiga mulți bani. Dacă e vorba de bani la mijloc, e imposibil ca acolo să nu se găsească vreun indiciu. Ai grijă! Ne vedem mai spre seară, poate.

Willem ieși afară și se făcu nevăzut toată ziua pentru orice cunoscut, dar își petrecu timpul prin baruri și alte localuri ieftine sau rău famate. Cunoștea obiceiurile servitorilor și unde se duceau când prindeau o clipă liberă. La un pahar cumpărat de altul, era ușor să facă pe oricine să-i povestească vrute și nevrute, cu toate că deocamdată nu aflase nimic din ce îl interesa. Se făcuse târziu și era obosit. După ce se depărtase câteva străzi, se luă după el o femeie.

– Ce doriți, doamnă?

– Ai vrea poate să petreci câteva minute cu mine? îi surâse ea. O să te fac să te simți bine pentru un preț mic.

– M-aș simți mai bine dacă am vorbi.

– Dacă nu ai bani, atunci plec.

– Am bani, doar că refuz onoarea de a mă culca cu dumneavoastră. Totuși, vă pot plăti bine pentru o discuție interesantă.

– În cazul ăsta, vreau să fie pe stradă, unde e lume. Nu am încredere în bărbații care vor „să discute".

– De ce?

Ca să-i arate că e serios, Willem îi puse discret în palmă nişte monede. Femeia nu se putu abține să nu se uite. Ochii îi sclipiră la vederea sumei, iar atitudinea ei deveni şi mai bănuitoare.

– Cine sunteți? Mă plătiți pentru a-mi ține gura? Sunteți căsătorit!

– N-are importanță cine sunt, dar vă promit o recompensă pe măsură dacă îmi dați unele informații pe care le voi considera importante, iar păstrarea secretului nu v-ar pune viața în pericol.

– Şi ce fel de informații doriți? Nu cred că am ceva ce v-ar putea interesa. Dar vă răspund de ce nu am încredere în oamenii care vor să discute. Cu vreo două săptămâni în urmă, un bărbat m-a chemat într-un loc ferit, dar nu pentru ceea ce ofer de obicei, ci ca să vorbim. M-a întrebat dacă aş fi dispusă să fac orice pentru bani, iar tipul mi se părea dubios, aşa că voiam să aflu cam la ce se referă. A zis că mai întâi trebuia să-i dovedesc că ştiu să-mi țin gura şi că nu voi spune la nimeni. Faza asta m-a speriat rău, aşa că am refuzat. Nu mă implic în ceva ce consider că ar fi periculos. Imediat ce m-am întors cu spatele la el, a încercat să mă sugrume. Am scăpat lovindu-l în ochi cu vârful umbrelei, dar după aceea am descoperit că mă jefuise.

– L-ați recunoscut pe respectivul om?

– Nu ştiu cine e, însă l-am mai văzut ducându-şi traiul pe aici. Cel mai adesea poate fi găsit la un bar din apropiere, unde face scandal şi se ia la bătaie des. Proprietarul îl tot alungă, că nu-i mai poate da de băut pe datorie.

– Am înțeles. Tocmai m-ați ajutat foarte mult. Vi s-a mai întâmplat şi altceva ciudat recent?

– Nu, nimic deosebit în afară de bețivul ăla. Acum,

dacă nu doriți nimic altceva, o să merg în altă parte. Zilele astea nişte prietene se lăudau că le-au vizitat nişte nobili. Poate am şi eu aşa noroc. Nu că aş fi nemulțumită cu ce mi-ați oferit, domnule, doar că am de întreținut o familie şi un ban în plus nu strică.

Se despărțiră şi Willem se întoarse la hotel. Se anunța o noapte furtunoasă şi el era deja ud până la piele. În cameră îl aştepta majordomul Michael. Nu îi văzuse trăsura afară. Făcuse exact cum îl instruise. Singurul lucru nou pe care îl avea de raportat era că soția lui primise vizita doamnei Sheldon, o contesă care locuia în casa unei servitoare şi căuta ajutor. Majordomul plecă repede, cu o reînnoire a ordinului de a avea grijă de ducesa de Starlight. Era prea devreme ca să doarmă, dar încercă să stea liniştit în pat, cu toate că gândurile îi zburau tot la Joanne. Poate că ar fi putut trage o fugă până acasă, doar ca să se asigure că ea e bine şi poate... Cineva bătu uşor la uşă. Willem o întredeschise încet şi o femeie dădu buzna înăuntru, fără să spună niciun cuvânt. Înainte să se dezmeticească, aceasta se aruncă în brațele lui, sărutându-l aproape cu brutalitate. Parfumul ei de trandafir şi liliac era inconfundabil. Îi aparținea lui Dorothy Swan.

– Dorothy, te rog, nu îți stă în fire să te comporți astfel! zise el surprins, încercând să pună o oarecare distanță între ei.

– Iubitule, mi-a fost aşa dor de tine, şopti ea cu buzele aproape de gâtul lui. Nu ai venit să mă mai vezi de prea mult timp. Nu mai puteam aştepta.

– De unde ai ştiut că sunt aici?

– Am vorbit cu Ambrose să te convingă să vii să ne întâlnim, iar el mi-a trimis mesaj că mă aştepți aici. Nici nu-ți închipui ce fericită sunt că te văd.

Mâinile blondinei păreau a fi peste tot, fără ruşine sau ezitare. Hainele ei tot cădeau pe podea, în timp ce încerca să-l dezbrace şi pe el.

– Încetează, Dorothy! rosti Willem pe un ton dur, care avu efectul unei ploi reci pentru tânără.

– De ce, iubitule? Ce s-a întâmplat?

– Ai venit într-un moment nepotrivit şi Ambrose a acționat necugetat. Nu eu te-am chemat aici.

– Dar sunt deja aici, aşa că ne putem petrece noaptea împreună.

– Dorothy, sunt căsătorit.

Ochii ei albaştri îl priveau cu milă şi înțelegere.

– Ambrose mi-a spus totul, iubitule. Ştiu că ți-a forțat mâna pentru o cauză nobilă. Nu te învinovățesc pentru asta, ba chiar te admir mai mult pentru sacrificiul de sine şi altruismul tău.

– Sacrificiu? Altruism? Ai fi zis la fel dacă erai tu în situația soției mele?

– Oh, dar tu mă iubeşti, nu mi-ai fi făcut niciodată rău intenționat. Vom fi fericiți împreună după ce dispare soția ta. Dar cum eu voi fi următoarea ducesă de Starlight, nu mă poți priva de faptul că vreau să te fac fericit.

– Ce? făcu Willem, nevenindu-i să creadă ce auzea. Nu, e greşit! Gata, nu mai vreau să purtăm discuția asta! Te rog să pleci! Nu te-am mai vizitat înainte de căsătorie şi nici după aceea cu un motiv, Dorothy. Relația noastră a luat sfârşit.

– Ce tot spui, Willem? Cum adică s-a terminat? O preferi pe scroafa aia urâtă în locul meu? Oh, da, am văzut-o de câteva ori prin parc şi clar nu m-am mirat când am auzit de ce o iei de soție. Aşa e cel mai bine, nu-i va duce dorul nimeni. Nu e importantă. Nu te poate face fericit! Ție ți-e milă de ea, dar nu trebuie.

– Nu, Dorothy. Habar nu ai cum e Joanne şi clar nu vreau să vorbesc despre ea cu tine. Te rog să pleci!

– De ce mă respingi? În puținul timp de când eşti însurat, ți-au revenit principiile? Nu vrei să o înşeli, asta e? Dar să ştii că eu nu văd ce ar fi greşit în asta. Mulți bărbați o fac, chiar şi cei care pretind că îşi iubesc nevestele; imediat ce apare o oportunitate mai bună, uită de casa lor. Nu poți renunța la mine! Ai nevoie de mine! Tu mi-ai zis că sunt tot ce ți-ai dorit vreodată!

Willem îi întoarse spatele. Nu-şi închipuise vreodată că se va căsători, mare parte din cauza tatălui său şi a relației părinților lui. Mama sa plângea în toate nopțile în care ducele preferase compania unei amante în locul ei. Tatăl lui îi răspunsese că nu poate iubi o singură femeie, că are nevoie să scape de monotonia conjugală. Se temuse că îi semăna prea mult bărbatului şi nu voia să facă o femeie să sufere la fel ca mama lui. Relațiile trecătoare şi fără implicare emoțională erau cele mai potrivite pentru un astfel de om nestatornic. Totuşi, lucrurile stăteau altfel cu Joanne...

– Aşa am crezut la momentul respectiv, dar nu ți-am zis niciodată că te iubesc şi nici nu ți-am dat de înțeles că între noi ar putea fi şi altceva. Ştii asta, ți-am zis-o de fiecare dată când te vizitam.

– Oh, iubitule! Vorbele tale sunt ca nişte pumnale în inima mea. Vrei să mă vezi moartă? Nu credeam că prețuiesc aşa puțin în ochii tăi. Dar te înțeleg şi nu te învinuiesc. Sper să fii fericit alături de „aleasa inimii tale", dar lasă-mă să mor acum. Nu mai suport să trăiesc fără tine şi săptămânile astea au fost un infern. Nu poate fi mai rău de atât.

Dorothy scoase un cuțitaş mic de argint şi se crestă la gât. Zgârietura era abia vizibilă, însă avu efectul dorit asupra lui Willem, care îi smulse acul din mână şi o îmbrățişă în timp ce ea plângea disperată. Discuțiile nu duceau nicăieri în acea noapte.

# CAPITOLUL 15

Joanne se ţinu de cuvânt şi rămase acasă, încercând să nu iasă deloc în evidenţă, mai ales că îşi dădu seama că majordomul îi urmărea fiecare mişcare. Astfel, îşi petrecea ore întregi lucrând la sera pe care voia s-o construiască, însoţită de Olivia şi de servitorii cu care venise aceasta de la baronetul Bright, iar noaptea se retrăgea foarte devreme în camera ei, cerând să nu fie deranjată. Oamenii ducelui Starlight se prefăceau că îşi văd de treburi, dar fiecare dintre ei o verifica ziua uneori pe ascuns, ceea ce nu o încânta deloc pe tânără. La următoarea vizită a Isabellei Sheldon, Joanne era pregătită.

O ţinu pe prietena sa până se întunecă, apoi îi oferi trăsura cu care să se întoarcă. Majordomul Michael se oferi imediat să o însoţească, de data asta pe motiv că avea de făcut şi nişte comisioane pentru mama lui Willem, prin urmare avea să întârzie. Joanne se prefăcu neinteresată şi se retrase în camera ei, dar imediat se deghiză în vizitiu şi se furişă afară prin pasajul secret descoperit în biroul soţului. Aşteptă ascunsă în spatele unor copaci de pe cărare, deşi în întuneric nu o putea vedea nimeni, iar când trăsura trecu pe drum, se urcă în spatele ei. Fiind prima ei incursiune nocturnă, cam avea emoţii, mai ales că după ce trecură de domeniul ducelui, o figură misterioasă, călare se luă după dânşii, de parcă doar asta aşteptase. Se ținea la distanță, însă era clar că urmărea trăsura lor.

Când ajunseră în fața casei servitoarei la care locuia Isabella, Joanne se dădu jos rapid şi se ascunse din nou, într-un colț dintre două case apropiate. Era uşor când clădirile se aflau una lângă alta. Apoi urmări trăsura până ce trecu strada şi spre surprinderea ei, aceasta opri undeva în spatele unei clădiri imense, iar Michael coborî şi merse pe jos, intrând înăuntrul hotelului. Nu ştia cât avea să stea bărbatul înăuntru, aşa că se uită după figura misterioasă care-i urmărise. Nu se vedea picior de om în jur, doar vizitiul care-l aştepta pe majordom. Joanne se întoarse să vadă dacă Isabella ajunsese cu bine acasă, dar abia dădu spre aleea întunecată că auzi un țipăt scurt şi nişte gemete înfundate. Tânăra aşteptă cu răsuflarea tăiată, încercând să îşi dea seama de unde venise sunetul. Nu trecură nici două minute, că deja mai multe glasuri şi paşi grăbiți se distinseră din beznă, purtând felinare şi cercetând strada în toate colțurile. Ducesa nu-i cunoştea pe cei trei bărbați, dar ei se îndreptau fix spre locul în care stătea ea.

– Tigru Alb, strigă cel mai scund dintre urmăritori, înainte ca Joanne să fugă. Sunt eu, Doamna Ploilor!

Femeia respiră uşurată, recunoscându-i vocea. Olivia era singura care o striga aşa, fiind poreclele pe care şi le dăduseră când se jucaseră acasă. Nimeni nu le ştia în afară de cunoscuții lor. Se apropie de servitori, deşi, la cât de bine erau deghizați, cu greu mai putea găsi ceva familiar la înfățişarea lor.

– Ce căutați aici?

– Te cunosc aşa bine, doamnă, că m-am pregătit din timp pentru escapada ta nocturnă. Uite bufnița albă de deasupra capului tău. John a adus-o, împreună cu şoimii tăi. Te-am urmărit cu ajutorul ei.

– Atunci, voi eraţi în urma trăsurii?

– Nu, doamnă, noi tot cu trăsura am venit, răspunse Daniel, aranjându-şi barba falsă enormă. Totuşi, am observat că vă urmărea cineva, dar i-am pierdut urma de cum am intrat în cartierul ăsta. Ne-aţi speriat grozav! Aţi ţipat cumva mai devreme?

– Nu, m-am întors şi eu tot din cauza ţipătului. Am vrut să văd dacă Isabella... Dă-mi felinarul!

Joanne aproape smulse lampa din mâna Oliviei şi se îndreptă spre casa prietenei ei. La o primă vedere, totul era liniştit, însă într-un colţ dinspre partea stângă a gardului, desluşi o mogâldeaţă în iarba udă. Isabella zăcea la pământ, cu mâna stângă la gât, de unde curgea sângele şi cu cea dreaptă la abdomen. Femeia se îneca cu propriul sânge. Lui Joanne îi sări inima din piept pe moment, însă îşi păstră calmul. Credea că încă o putea salva. Se uită în jur. În afară de ei, nimeni nu păru să fi auzit ceva, iar atacatorul îşi pierduse urma... În cel mai rău caz, poate privea de undeva din întuneric, dar nu îşi putea da seama cine sunt persoanele acelea, căci erau deghizate. Olivia o ajută cu hainele femeii. Ducesa îşi scoase un ac lung de argint din buzunar şi îl înfipse cât era de lung aproape între coastele Isabellei din partea dreaptă, după care introduse un beţişor de bambus înăuntru. Începu să se scurgă sângele, lăsând-o pe Isabella să răsufle oarecum, pe cât putea, având în vedere că avea beregata tăiată.

– Trebuie s-o ducem de aici! zise Joanne. Deocamdată nu se va îneca cu propriul sânge, dar nu am cu ce să-i curăţ rănile şi să le închid. E o noapte rece şi frigul îi va încetini metabolismul, dar nu îndeajuns de mult. Ați zis c-ați venit cu trăsura! Ajutați-mă să o duc acasă! Aveți grijă cum o ridicați!

Trăsura o porni cu mare viteză spre conacul Starlight. Joanne încerca să preseze rana de la gâtul Isabellei ca să mai oprească sângerarea, în timp ce Olivia şi Daniel se străduiau s-o țină pe cât posibil nemişcată, pentru a nu-i agrava starea. Pe tot parcursul călătoriei, rănita îşi păstrase cunoştința, iar uneori chiar părea că vrea să vorbească, dar prietena ei nu o lăsă, ci o încuraja întruna, spunându-i că vor vorbi când se va face bine.

Cum era de aşteptat, servitorii ei ieşiseră tot pe ascuns, fără ştirea celor alor soțului său, aşa că putură intra tot pe ascuns. O duseră pe Isabella în camera Oliviei, însă din păcate, zgomotele o treziră pe bucătăreasa de alături, care bătu la uşă. Camerista scăpă repede de mustața falsă şi de pălărie, apoi trase repede un halat pe dânsa ca să-şi acopere hainele de lacheu şi ieşi în prag, având grijă să nu lase privirile curioase ale femeii să afle ce se petrecea înăuntru.

– Vai, doamnă Spring, făcu Olivia pe un ton obosit, nu voiam să vă trezesc, dar cum sunt nouă pe aici, nu ştiu unde să găsesc unele lucruri... Aş avea nevoie de multe cârpe curate, alcool şi gheață... apă fiartă...

– Ce se întâmplă? întrebă bucătăreasa vizibil îngrijorată. A pățit ceva stăpâna?

– Las-o să intre, Olivia! mârâi Joanne. Altfel o să-şi creeze o impresie greşită.

Doamna Spring intră curajoasă, dar se dădu înapoi speriată când îi văzu pe cei doi bărbați care o țineau pe femeia cu haine pline de sânge de pe masă.

– Ce i-ați făcut bietei femei? scânci ea, cu ochii în lacrimi. Eu nu ştiu nimic, n-am văzut nimic. Lăsați-mă să plec.

– Doamnă Spring, îi răspunse Joanne cu blândețe, nu i-am făcut nimic. Încerc să o salvez, dar am nevoie de ajutorul tău. Nu vreau să-i îngrijorez şi pe ceilalți servitori, aşa că aş prefera să facem treaba în linişte. Arătați-i Oliviei unde să găsească prosoapele curate, alcoolul, gheața şi puneți apă la fiert. Mai aduceți lumânări. Mişcați-vă discret şi rapid, apoi veniți să mă ajutați aici!

Bucătăreasa făcu precum i se spuse, fără să pună alte întrebări. Când toate lucrurile cerute au fost aduse, Joanne aduse o trusă micuță cu ustensile medicale din camera ei pe care o dezinfectă cu alcool şi fără să stea pe gânduri îşi băgă mâinile în apa fiartă.

– Stăpână! strigă revoltată doamna Spring, încercând s-o oprească.

– E în regulă! zise Joanne neafectată, ignorând durerea. Sunt pe cale să fac o operație şi mediul trebuie să fie steril pentru a preveni infectarea, dacă voi reuşi. Puneți un servitor să cheme un doctor. Cineva de încredere, care să nu dea de veste întregului oraş. Nu-i spuneți despre ce e vorba, doar că e nevoie urgentă de el şi că viața cuiva e în mare pericol.

Toată noaptea ce urmă, Joanne se strădui să-i închidă rănile. Cel mai mult avu de lucru la rana adâncă de la gât, căci cea de la abdomen fusese destul de superficială, însă nicidecum de ignorat. Deşi fusese chemat un doctor, acesta nu ajunsese decât în zori, după ce furtuna de peste noapte se mai potolise. Când văzu că servitorul îl conduse la mărețul conac al ducelui Starlight, atitudinea lui înțepată se schimbă aproape instantaneu şi îşi ceru scuze de întârziere.

– Îmi pare rău pentru venirea mea aşa târzie, dar servitorul pe care l-ați trimis nu a vrut să-mi spună despre cine e vorba şi când a făcut-o, nu a lăsat să se înțeleagă că e o situație urgentă. Dacă îmi zicea de prima dată că e vorba de soția Excelenței Sale, aş fi venit numaidecât.

– Mă întreb câți oameni ați reuşit să tratați sau să salvați în cariera dumneavoastră de medic, dacă auziți că e o situație de viață şi de moarte, dar veniți când aveți chef, zise Joanne pe un ton care îi trimise fiori reci doctorului.

– Ducele nu s-a plâns niciodată de serviciile mele şi vă anunț că l-am tratat şi pe tatăl său, ripostă bărbatul.

– Nu-mi pasă cine nu s-a plâns de serviciile tale, dacă răspunzi numai când auzi de un nume nobil. În fine, dacă te aşteptam pe tine, femeia aia murea până acum. Du-te şi consult-o! Momentan se odihneşte.

Cam rănit în orgoliu şi jignit, doctorul se duse să o consulte pe Isabella. Omul nu-şi ascunse mirarea când văzu rana de la gâtul femeii.

– Văd că a primit ajutorul necesar, îngăimă el, încruntându-se. Rareori am văzut persoane care să scape cu viață după o astfel de tăietură. Rana a fost închisă şi deocamdată pacienta pare a fi în regulă, dar nu pot garanta că e în afara oricărui pericol. Chiar mă miră că nu a decedat, de vreme ce nu am putut veni la momentul potrivit ca să-i dau ajutorul necesar, dar se pare că v-ați descurcat cumva. Vă voi prescrie nişte medicamente şi doamna va trebui ținută sub supraveghere tot timpul. Dacă apar probleme, chemați-vă şi voi fi aici cât pot de repede.

Joanne se duse în camera ei. Era frântă de oboseală şi corpul îi tremura. Abia acum îşi dădea seama cât de speriată fusese pentru viața Isabellei şi cât de mult se străduise să o salveze. Făcu o baie lungă, apoi voi să doarmă puțin, însă

Olivia o anunță că majordomul Michael se întorsese și o adusese și pe mama soțului ei, ducesa Theresa Starlight. Tânăra nu avea niciun chef de vizite, dar nu-și putea trimite soacra la plimbare. Cu un efort supraomenesc, se dădu jos din pat și se duse s-o întâmpine în salon, afișând un zâmbet ostenit de complezență.

– Joanne, sări ducesa să o îmbrățișeze, abia așteptam să te văd, însă nu știam ce moment să-mi aleg ca să nu vă deranjez pe voi, tinerii îndrăgostiți. Michael m-a informat despre plecarea lui Willem și m-am gândit că ți-ar plăcea puțină companie. Ai plâns cumva? Ai ochii roșii...

– Ah, nu, doamnă! o asigură Joanne. Doar că nu am dormit prea bine noaptea trecută, atâta tot. Oricum, mă bucur mult că ați venit. Nu prea am vizitatori și nu am mai primit nicio veste de la mătușa Penrose. Probabil ar fi cazul să-i scriu...

– Oh, o poți vedea mâine pe lady Penrose, zise ducesa, fluturându-i în față o hârtie cu un scris elegant. Tocmai am fost invitate la balul lordului Edelweiss.

– Poftim?!

– Exact așa am reacționat și eu când am aflat vestea. E chiar neobișnuit, pentru că Edelweiss dă baluri numai când vrea să-și găsească o soție. Mi-a înmânat el însuși invitația, când mă plimbam azi-dimineață prin parc și categoric am văzut ce insistent era, căci mi-a amintit de vreo trei ori să te aduc neapărat cu mine. Sincer, m-a cam deranjat felul în care se referea la tine, de parcă nu ai fi deja căsătorită, deși nu cred că a băgat de seamă. E posibil să te placă?

– Nu cred. Mătușa Penrose voia să mă mărite cu el, în caz că sezonul meu era un eșec. Ea chiar începuse să-i vorbească despre mine şi la primul meu bal, am dansat cu dumnealui. Oricum, abia aştept balul acesta. Va fi unul interesant.

Joanne îşi petrecu ziua în compania ducesei Starlight, silindu-se să-i facă pe plac, dar în orice moment liber fugea să vadă cum se mai simte Isabella. Se pare că nici majordomul şi nici majoritatea servitorilor nu aflaseră de cele petrecute peste noapte, altfel Michael şi-ar fi găsit o altă scuză pentru a-i raporta totul lui Willem.

# CAPITOLUL 16

Joanne nu uitase că Willem îi interzisese să iasă oriunde în afara domeniului său, dar ea categoric nu-şi făcea atâtea griji ca el, deşi situaţia nu era una de dorit pentru nimeni. În plus, se simţea mai în siguranţă dacă putea controla ea lucrurile, decât să fie ţinută în ignoranţă intenţionat. În loc să se pregătească intens pentru balul lordului Edelweiss, ceea ce nu considera că ar fi esenţial, de vreme ce soacra ei se îngrijise de acest aspect, se concentră pe siguranţa călătoriei, dându-le instrucţiuni servitorilor ei, pe care îi informase deja despre ce ar fi fost posibil să înfrunte. Aceştia o asigurară că nu vor permite să i se întâmple nimic rău.

Ducesa Theresa Starlight nu se arătă prea încântată de ocupaţia Joannei, anume de munca ei cot la cot cu servitorii la construirea serei, dar tânăra o convinse că un lucru e mult mai apreciat dacă îl faci cu mâna ta. Îi arătase şi planurile viitoarei construcţii, iar femeia le apreciase ca fiind demne de un adevărat arhitect şi clar ar fi arătat superb în apropierea lacului, menţionând că atunci când avea să fie gata, i-ar fi plăcut să ţină multe baluri acolo, mai mult ca să se mândrească şi să se laude cu realizările unei nore aşa neobişnuite. Theresa evită să-i vorbească despre zvonurile care circulau prin oraş şi care nu-i făceau deloc dreptate Joannei, prin urmare, cu dorința de a le închide gura bârfitorilor, alesese hainele și bijuteriile care o puneau cel mai mult în evidență pe nora ei, iar aceasta nu se opuse deloc, dimpotrivă, chiar îi arătase că voia cu orice preț să iasă în evidență.

– Habar n-ai cât mă bucur că mă lași să te ajut, Joanne! cântă Theresa. Mă temeam că îți vei alege ceva simplu și aici nu e cazul. Lordul Edelweiss mereu dă niște baluri extravagante. De la moartea primei soții, nu a mai ținut petreceri câțiva ani la rând... se înțelege că din cauza unor probleme financiare, dar ultimul lui bal a fost când a vrut să-și ia o nouă soție, cu cinci ani în urmă...

– Nu știu mai nimic despre lordul Edelweiss, spuse Joanne pe un ton dezinteresat, dar asculta cu urechile ciulite încă de când Theresa menționase despre problemele lui financiare. Sigur are o poveste fascinantă. Aș vrea să-l cunosc mai bine, pare un om foarte cult și disciplinat.

– Chiar este, se avântă ducesa în explicații. Edelweiss e veteran de război și după ce a fost rănit și lăsat permanent la vatră, s-a ales cu titlul de Sir și cu o mică avere. În ciuda cicatricilor de pe chipul său, multor femei li se pare foarte atrăgător, astfel că prima lui soție a fost fiica unui conte..., desigur, cum asta s-a petrecut cu vreo cincisprezece ani în urmă sau mai mult, probabil memoria îmi joacă feste, dar sunt sigură că a fost un scandal atunci.

– Spuneți-mi, vă rog! insistă Joanne.

– Sunt doar bârfe, draga mea. Nu credeam că îți stârnesc curiozitatea, însă îți voi povesti. Se zvonea că tatăl domnișoarei respective refuzase să-l accepte ca ginere, iar cei doi îndrăgostiți au fugit împreună. Apoi deodată totul s-a rezolvat, ba chiar tatăl miresei i-a făcut rost și de titlul de conte, iar toată averea lui a fost trecută sub numele lui Edelweiss după moartea bătrânului, care s-a petrecut prea brusc parcă, la numai câteva luni după nunta lor. Oricum, cuplul sigur trăia pe picior mare şi Edelweiss dădea cele mai frumoase baluri, deşi nu tocmai cuviincioase după spusele unora. Risipea sume mari la jocuri de noroc sau pariuri la cursele de cai. Mulţi se mirau de atâta opulenţă din partea lui şi cum de îşi permitea atâta excentricitate, dar se bucurau de avantajele obţinute în preajma sa, cum ar fi recunoaşterea în toate cercurile sociale ale nobilimii, de la cei mai mari, la cei mai mici. Un cuvânt de-al lui cântărea mult şi te putea propulsa foarte sus sau, dimpotrivă, îţi putea distruge reputaţia. Edelweiss a fost provocat de multe ori la duel şi a ieşit nevătămat de fiecare dată, iar cu astea se părea că şi averea lui tot creştea. Câţiva credeau că sigur era ceva necurat la mijloc, însă nu ar fi îndrăznit să-i rostească asemenea vorbe în faţă, aşa că s-au stins aproape imediat.

După vreo şapte sau opt ani, Edelweiss iar a revenit în atenţia londonezilor. Se aflase că avea mari datorii şi că de asta dispăruse o vreme, apoi, la vreo câteva luni, îi muri soţia. Un accident de călărie. Omul ăla a fost devastat de pierderea ei, aşa că un prieten vechi i-a oferit-o de soţie pe una dintre fiicele sale, ca să-şi uite prima iubire. De atunci nu s-a mai auzit nimic de datoriile sale, probabil l-a ajutat tot acel amic. Au fost trei ani frumoşi, unde balurile şi petrecerile erau la ordinea zilei... Acum, că mă gândesc la asta, bărbatul ăsta a fost mereu obişnuit cu luxul... Soţul meu, când trăia, se referea la dânsul ca „vânătorul de averi".

– Ce s-a întâmplat mai departe? interveni Joanne, observând că Theresa se oprise cu povestitul.

– Cred că ar fi potrivit să porţi diadema asta de

smaralde, draga mea! Oh, nu ştiu cum de am uitat de ea. Se asortează cu colierul şi inelele.

– Desigur, acceptă ea răbdătoare. Deci ce s-a întâmplat cu a doua soție a lordului Edelweiss?

– De unde ştii că i s-a întâmplat ceva?

– Intuiția, presupun. Am dreptate?

– Biata femeie a murit la naştere, împreună cu copilul lor.

– Stați, deci Edelweiss nu a avut copii cu prima soție?

– Nu, ea era stearpă.

– Are bastarzi, atunci?

– Nu, Edelweiss nu are niciun copil din câte ştiu eu şi nici nu e renumit că ar fi avut aventuri în afara căsătoriilor.

– Când s-a căsătorit a treia oară?

– Cu trei ani în urmă. Luase fata unui negustor bogat, însă aceasta era mereu bolnăvicioasă şi fiecare răceală, cât de mică, o țintuia la pat. A murit anul trecut din cauza unei boli la plămâni.

– Oh, deci se pare că lordul Edelweiss nu poate sta singur pentru mult timp, observă Joanne, de aia îşi caută acum altă viitoare mireasă. Aş fi crezut că are mulți copii după toate căsătoriile astea.

– N-a avut deloc noroc, bietul de el. La vârsta lui, şi nu spun că ar fi bătrân, e prioritar să ai un moştenitor şi să-l vezi crescând. El e singur...

Joanne nu simțea deloc compasiune pentru lordul Edelweiss şi nu-i împărtăşea opinia Theresei despre ghinionul său, mai degrabă îi părea rău pentru femeile din viața lui. Începea să pună cap la cap nişte detalii care probabil fuseseră bănuite şi de alții înaintea ei, însă nu urmate până la capăt din diverse motive, cel mai probabil legate de influența contelui. Multele bârfe, începeau de la un sâmbure de adevăr și banii, mai ales pierderea lor, nu puteau fi uitați ușor de cei care nu trăiau decât pentru avere sau îi acordau o importanță deosebită.

– Doamnă, o să considerați că am o curiozitate morbidă, dar aș vrea să știu cam câți lorzi s-au ales cu decese în familie, să zicem în ultimii trei ani.

– Nu prea îmi amintesc...

– Lorzii Huxley? Wood? Salvin? Jenner?

– Oh, de săracul Jenner am auzit. Bietul om numai nu-și revenea de la moartea soției. A fost spitalizat și s-a sinucis zilele trecute. Ținea enorm la dânsa și boala i-a răpus-o. La înmormântare, sicriul a fost acoperit în întregime, iar oamenii ziceau că boala i-a descompus fața. Wood... îl cunosc de când era mic și fusese însurat cu fiica unei prietene. Avea patima jocurilor de noroc, dar fata asta l-a adus pe drumul cel bun. Din păcate, a murit. Tot un accident de țară. I se răsturnase trăsura. Despre Salvin nu știu mai nimic, doar că l-am văzut împreună cu soția la câteva baluri și arătau fericiți împreună. Ea nu a supraviețuit la naștere, iar la câteva zile, a murit și copilul. Huxley... de el nu-mi amintesc mare lucru, doar că bea mult și e violent. Totuși, recent, am auzit de lorzii Rosamund, Clive, Mendley care și-au pierdut soțiile, de fapt, ele muriseră de ceva timp, dar nu știuse nimeni, pentru că fiecare dintre ei stătuse la țară... Draga mea, of, gata cu atâtea întrebări despre morți. Mă înfioară de-a dreptul.

– Aveți dreptate. Cred că e timpul să mergem la bal, nu-i așa?

– Exact. Mătușa ta sigur a ajuns deja acolo. Păcat că nu ne însoțește Willem. Va trebui să ne distrăm ca să-i facem în ciudă pe urmă. Pariez că gentlemanii vor sta la coadă ca să danseze cu tine. Joanne... e adevărat că l-ai sărutat pe Willem în grădină, la ultimul bal?

– Da, dar el a început.

– El te-a sărutat primul?

– Da, m-a surprins şi eu l-am plesnit.

– Nu înțeleg. Atunci cum ai ajuns să-l săruți?

– Mă speriase privirea lui, dar nu a reacționat violent cum mă aşteptam, iar când mi-a vorbit din nou, pe un ton trist, mi-a părut foarte rău că l-am lovit...

Theresa chicoti, concentrându-se pe accesorii. Joanne respiră uşurată. Se asigură că starea Isabellei nu avea să se înrăutățească în lipsa ei, apoi se porni la balul lordului Edelweiss, însoțită de servitorii ei credincioşi, care veneau deghizați cu o altă trăsură în urma lor.

# CAPITOLUL 17

Joanne înțelegea acum ce însemna un bal extravagant, deşi ei i se păruse că primele la care mersese de când sosise în Londra fuseseră de departe cele mai frumoase se dovedi că nici nu se puteau compara cu al lordului Edelweiss. Candelabrele mari de cristal în formă de păsări cu aripile desfăcute din fiecare salon îi tăiau răsuflarea, de fapt, multe lucruri din conacul lui păreau să fi fost făurite de aceeaşi mână pricepută, debordând eleganță în simplitatea lor, dar ceva le răpea din frumusețe. Tânăra văzuse lucruri încântătoare şi în casa soțului ei, dar acolo se obişnuise cu prezența lor, ajungând să le ignore, însă strălucirea din conacul lui Edelweiss îi dădea o stare ciudată, ca şi cum lucrurile acelea nu îşi aveau locul acolo, iar strălucirea lor, la fel ca a oamenilor prezenți, deşi încântătoare la o primă vedere, lăsa impresia ipocriziei şi a falsității. Erau prea multe tăvi de argint şi fiecare pahar era fie suflat cu argint, fie cu aur. Invitații nu se sfiau să-i complimenteze întruna gusturile şi faptul că nu se uitase deloc la bani pentru un asemenea bal. Fiecare oaspete venise îmbrăcat în cele mai bune haine. Toți arătau ca scoşi din cutie. Probabil fiecare mişcare a lor era gândită ca la carte dinainte. Niciunul nu dădea impresia că se simte în largul său, însă Theresa Starlight nu observa acest lucru destul de evident. Scopul ei era să-şi prezinte nora în societate, iar petrecerea reprezenta oportunitatea perfectă.

Ducesa nu aruncă nici măcar o privire în jurul ei, la decorațiunile care o fascinau atât de mult pe Joanne sau la organizarea sălilor, ci se duse direct spre lady Penrose, salutând-o.

– Credeam că nu mai ajungeți! râse mătuşa Joannei, măsurându-le din cap până-n picioare cu un ochi critic, privirea ei stăruind admirativ asupra bijuteriilor nepoatei. Vremea nu ține cu noi. A plouat de la începutul săptămânii, însă nici prin cap nu-mi trecea să lipsesc de la balul lordului Edelweiss. Ce-i drept, am primit invitația cam pe neaşteptate, de aia l-am sfătuit să schimbe data, ca să fie sigur că are măcar o mână de invitați sau să nu cadă în aceeaşi zi cu petrecerea de aniversare a contesei Ivory, dar îmi făceam griji degeaba. Tocmai din cauza asta, doamna Ivory şi-a amânat petrecerea, cu toate că o plănuise de luni de zile, căci la drept vorbind, mulți dintre prietenii domniei sale se află aici. Ea îşi ține aniversarea în fiecare an, dar un bal la Edelweiss e o dată la câțiva ani. Gazda noastră tocmai ne-a salutat şi a plecat să-i întâmpine pe oaspeții abia veniți.

Sporovăiala neîncetată a mătuşii fu oprită într-o clipă de apariția Elenei Sweetpea şi a mamei sale. Blonda arăta superb întotdeauna, dar cu ocazia asta se întrecuse pe sine. Rochia albastră şi părul buclat lăsat liber pe spate o făceau să semene cu o păpuşă. Atenția tuturor se îndrepta asupra ei, a bărbaților pentru că o doreau şi a femeilor pentru că erau invidioase pe frumusețea ei. Totuşi, se vedea că fata nu numai că era conştientă de efectul pe care-l producea simpla ei prezență, dar avea un aer de superioritate ce devenea imposibil de ignorat când intra careva în vorbă cu ea. Joanne se temea că va trebui iar să înghită o insultă deloc subtilă la adresa ei, dar norocul fu de partea ei şi un tânăr o invită la dans. Acceptă numaidecât, uşurată să scape de alte flecăreli inutile despre vreme şi modă.

Cum în timpul dansului o pierduse din vedere pe soacra ei, Joanne se uită în jur după un chip cunoscut. Avea impresia ciudată că îi scapă ceva. Îşi luă un şerbet de zmeură răcoritor şi se aşeză într-un colţ să-l savureze. Printre dansatori se aştepta să fie şi Elena, însă pe domnişoară o găsi tocmai în celălalt colţ al sălii, discutând pe furiş cu Theresa. Cum fata îşi ţinea capul înclinat într-o parte prea mult, Joannei îi venea greu să-i citească pe buze tot ce zicea, aşa că renunţă curând, totuşi, reacţia soacrei ei deveni mai dură pe măsură ce o asculta.

– Domnişoară Sweetpea, spuse Theresa încruntându-se, eu nu mă încred în astfel de zvonuri şi ai face bine să nu le crezi nici dumneata. Sunt răutăcioase şi fără temei.

– Dar sunt sigură că...

Joanne nu mai află în legătură cu ce era Elena sigură, căci lordul Edelweiss se postă în faţa ei, invitând-o la dans. Nu-l refuză.

– Milady, începu el, oferindu-i braţul, mă bucur că aţi venit la umilul meu bal.

– Plăcerea e numai a mea, surâse ea. Probabil lady Penrose v-a povestit că nu am fost la prea multe baluri şi că se temea că nu voi avea parte şi de alte invitaţii, de aceea apreciez că v-aţi gândit la mine.

– Oh, m-am gândit mult la dumneavoastră. Îmi făcusem speranţe după ce am dansat ultima oară, că în curând vă voi cere mâna, dar ducele Starlight mi-a luat-o înainte şi mărturisesc, îl invidiez pentru asta şi mă tem...

Joanne aşteptă ca bărbatul să termine ce avea de zis, însă el oftă şi dansară în linişte tot restul cântecului. Curiozitatea o îndemnă să îl întrebe mai multe şi ocazia se ivi imediat, căci Edelweiss îi mai ceru un dans.

– Milord, şopti ea sfioasă, îmbujorându-se la față, discuția de mai devreme...

– Oh, n-am vrut să vă fac să vă simțiți prost. Acum, că mă gândesc la asta, îmi dau seama că a fost bine că am tăcut, până la urmă, nu e treaba mea...

– Vă rog, nu se poate să vă opriți, când mi-ați stârnit curiozitatea într-un asemenea hal.

Chipul aspru al lui Edelweiss căpătă o expresie tristă şi o privi cu blândețe.

– O să suferiți mult când veți afla... Sunteți absolut sigură?

– Da.

– Atunci vom discuta după acest dans pe terasă, dacă puteți îndura răcoarea de afară.

Fără îndoială că Joanne putea suporta puțină răcoare, mai ales dacă în felul ăsta se apropia mai mult de lordul Edelweiss. Pe terasă mai erau câteva doamne, aşa că puteau sta de vorbă, fără să se simtă ciudat că încalcă eticheta. Bărbatul trecu repede la subiect.

– Mătuşa dumneavoastră mi-a spus că familia v-a forțat în căsătoria cu ducele Starlight, de aceea îmi pare rău că am aflat aşa târziu de adevărata natură a relației dintre voi. Ducele v-a luat de soție ca să înăbuşe zvonurile despre el. Chiar cu o săptămână înainte de nuntă, l-am văzut cu domnişoara Dorothy Swan pe strada Bond. Ea purta o brățară de aur şi am auzit-o cât era de încântată de cadou. Adevărul e că ducele nu e un om prea secretos, aşa că nu e de mirare că toată nobilimea londoneză ştie de escapadele sale. Totuşi, mă gândeam că se va potoli după ce-şi ia o soţie... Mă doare să vă spun... probabil nici nu ar fi bine să aflaţi de la mine...

– Tocmai de la dumneata aş prefera să aflu, decât din bârfele străinilor, îl încurajă Joanne pe un ton aproape plângăcios. Nu ne cunoaştem de mult timp, dar aveţi toată încrederea mea ca prieten.

– Ce am aflat nu sunt bârfe, e adevărul pe care vă jur că l-am văzut cu ochii mei. Am obiceiul să fac o plimbare în fiecare seară prin oraş, indiferent de vreme. Cu trei zile în urmă, l-am văzut în treacăt pe soţul dumneavoastră intrând în hotelul Hart de la marginea oraşului, apoi a ieşit la braţ cu Dorothy Swan. Păreau tare apropiaţi, căci ea l-a sărutat chiar în stradă. A doua zi, mi-am făcut plimbarea tot prin partea aia a oraşului şi i-am zărit din nou, intrând împreună în hotel... Ducesa Starlight mi-a zis mai devreme că Willem nu a putut veni, fiind plecat cu afaceri...

Joanne nu răspunse, dar ochii îi înotau în lacrimi. Edelweiss i le şterse cu o batistuţă de mătase. Gestul lui intim şi resemnarea tinerei în faţa lui nu le scăpă femeilor de pe terasă, care începură să şuşotească între ele. Probabil îşi găsiseră un nou subiect de bârfă.

– Ah, lord Edelweiss, deodată nu mă simt prea bine. Sper că te nu superi dacă mă retrag aşa devreme de la balul tău. E abia la început şi nu vreau să mă crezi nepoliticoasă...

– E în regulă, draga mea. Înţeleg şi nu te învinuiesc cu nimic. O fiinţă aşa sensibilă ca tine nu merită să îndure aşa ceva, dar răul se întâmplă şi oamenilor buni. Duminică o să-mi invit nişte prieteni la un picnic şi poate ne vedem atunci... dacă te vei simţi mai bine. O să vin personal cu invitaţia.

– Abia aştept, şopti Joanne, oferindu-i un zâmbet trist şi întorcându-se în sala principală.

Theresa nu protestă deloc când nora ei o anunță că nu se simte bine şi că ar vrea să meargă acasă, dimpotrivă, părea nerăbdătoare, iar pe parcursul călătoriei, Joanne află de ce.

– Balul ăsta nu mi-a tihnit deloc! oftă ea, scoțându-şi mănuşile de dantelă. Aveam o părere bună despre domnişoara Sweetpea, iar azi am aflat că m-am înşelat în privința ei. Pe dinăuntru e o mare scorpie afurisită. Încearcă să mi se bage pe sub piele şi e evident că îl vrea pe Willem. Mi-a zis că-mi înțelege durerea de a avea o noră nepotrivită şi că în timp, poate fiul meu îşi va da seama ce greşeală a făcut. Mi-a băgat pe gât nişte bârfe scormonite de alții, însă sunt absolut sigură că multe fuseseră născocite de ea din răutate pură. Apoi, înainte de a intra tu în sală, am auzit din întâmplare când le vorbea unor domnişoare de teapa ei.

– Şi ce povesteau? întrebă Joanne amuzată.

– Că poți scoate un porc din coteț şi să-l îmbraci în cele mai scumpe haine, dar asta nu îl face om şi nici nu-i schimbă esența. Îmi venea să o plesnesc.

– Mă cam aşteptam la o replică de acest fel, râse Joanne.

– Nu te supăra, draga mea! Lasă-i să scoată flecăreli prosteşti până nu mai pot. Vorbeşte doar răutatea din ei. Iar dacă mândrele Sweetpea se mai invită singure la tine, dă-le un şut în fund din partea mea, sau cheamă-mă pe mine s-o fac. Totuşi, bănuiam că vei găsi o scuză de a ne întoarce mai devreme. Te îngrijorează starea Isabellei, nu?

– Oh, se pare că ştiți mai multe decât mă lăsați să cred.

– Desigur. Michael mă ține la curent cu ce se întâmplă la conac, însă nici el nu a aflat de Isabella. Te-am urmărit noaptea trecută când ai intrat în camera ei. Doamna Spring mi-a povestit tot ce s-a întâmplat şi cum i-ai salvat viața femeii. Biata de ea, bănuise pe moment că ai pierdut o sarcină ascunsă când ai cerut prosoapele şi apa fierbinte. Sunt mândră că o femeie a reuşit asta. Rana de la gâtul ei... e incredibil că trăieşte. Nu cunosc niciun medic aşa priceput. De unde ai învățat cum să tratezi astfel de răni?

– E o poveste prea lungă.

– Bine, pot să aştept, dar momentan doresc să aflu ce pune la cale fiul meu şi planurile lui. Vreau să ajut cum pot.

Joanne surâse şi îi spuse tot ce ştia despre intențiile lui Willem şi mai important, planurile ei. Theresa se putea dovedi un aliat puternic.

# CAPITOLUL 18

Țipetele înăbuşite din apropiere îl făcură pe Willem să-şi recapete cunoştința. Avea o durere îngrozitoare de cap şi îl cuprinse amețeala când deschise brusc ochii. Îi amorțiseră brațele din cauza legăturilor prea strânse şi abia atingea podeaua rece cu vârful picioarelor. Făcu încă o încercare să-şi deschidă ochii, iar încetul cu încetul, privirea i se obişnui cu întunericul şi începu să distingă ce era în jurul lui, sau mai degrabă ce nu era, căci constată cu stupoare că se afla într-o celulă goală şi singura sursă de lumină venea de la o torță sau un felinar din spatele uşii zăvorâte. Trase adânc aer în piept, forțându-se să se elibereze, deşi ştia că e în zadar. Totuşi, nu se putea da bătut. Mintea încă îi era în ceață, încercând să-şi aducă aminte cum de ajunsese într-o asemenea situație.

Memoria chinuită îl duse cu două zile în urmă, dimineața, în fața hotelului Hart, după ce cu o noapte înainte îl urmărise pe George Sheldon prin toate mahalalele, până ce îşi pierdu misterios urma. Dăduse peste el la un bar rău famat, frecventat des de prostituate, cerşind de băut oricui se afla destul de aproape de dânsul. Willem îi servise pahar după pahar, dorindu-şi să scoată cât mai multe informații de la el, însă Sheldon, văzând unde se îndreptau întrebările tovarăşului său generos, găsi o scuză de a ieşi din bar şi dispăru de acolo. Ceva sigur îl deranja pe bărbat sau, mai degrabă, se temea. Ambrose îl aştepta nerăbdător în camera lui de la hotel. Arăta foarte obosit.

– *Ce naiba a fost în capul tău când ai anunțat-o pe Dorothy unde stau? îi răcnise prietenului său. Trebuia să lucrăm sub acoperire, prostule! Acum vine aici în fiecare noapte! Dacă vreunul dintre noi e urmărit, îți dai seama în ce pericol suntem toți?!*

– *N-am vrut să-i spun, se apără el cu stângăcie, dar a zis că are ceva foarte important să îți comunice şi m-a amenințat că se va duce acasă la tine şi va vorbi cu nevastă-ta. Ți-ar fi convenit aşa?*

– *Am o presimțire tare rea în legătură cu asta.*

– *Şi eu la fel, îi răspunse Ambrose cu un oftat. Mă tem că am stârnit ceva. Ca să aflu mai multe despre datornicii de la casele de jocuri, pariuri, curse de cai şi altele mi-am petrecut zilele astea timpul acolo şi am jucat cu dânşii. E incredibil ce lume mişună pe acolo şi dacă ai veni şi tu, ți-ai schimba părerea despre mulți dintre ei. Ca să n-o lungesc prea mult, trec direct la ce am aflat. Dintre suspecții noştri, Wood şi Huxley aveau mari datorii, mai sunt şi Clive, Rosamund, Mendley, Sheldon... dar pe ăştia din urmă cred că ar trebui să-i excludem, de vreme ce nu au legătură cu răpirile sau scrisorile de recompensă.*

– *Atunci, de ce i-ai menționat?*

– *Nu ştiu, probabil mi-a atras atenția că toți sunt în căutarea unei soții, de aia i-am văzut recent la absolut toate balurile din acest sezon. Ah, că tot vorbeam de baluri, Edelweiss ține unul mâine şi mama ta e invitată. Sunt sigur că o va aduce pe Joanne cu sine.*

– *Clar nu!* rosti el pe un ton răspicat, simțind că tocmai omisese ceva de o importanță vitală din discuția lor, dar deodată nu-i mai păsa de când auzise numele soției sale. *I-am interzis lui Joanne să iasă oriunde cât timp sunt plecat. În fine, asta e o bună ocazie de a afla lucruri noi despre Huxley și Wood. E cam mare coincidența să umble amândoi pe la aceleași case de pariuri și să aibă datorii cu carul. O să merg la balul lui Edelweiss. Dacă te duci și tu, nu mă căuta prin mulțime.*

*– Am înțeles, ne întâlnim aici după bal.*

Un nou țipăt ascuțit de femeie de la o celulă din apropiere îl readuse pe Willem înapoi în prezent. Un gând înfiorător îl făcu să se cutremure de spaimă. Dacă el era capturat și închis acolo, atunci femeia de alături putea fi Joanne? Intrase deghizat în servitor la balul lui Edelweiss și o văzuse mai întâi dansând cu el, apoi ieșind amândoi pe terasă, unde nenorocitul îi spusese ceva care o făcuse să plângă și, mai rău, tot el îndrăznise să-i atingă chipul. Își pierduse cumpătul atunci și uitase cu totul de misiunea lui, însă Joanne plecase imediat după aceea și el rămase nedumerit pe moment, reluându-și treburile cu mintea limpede. Oricât se plimbase toată ziua printre oaspeții de la bal, numai nu îi zărise măcar o dată pe Ambrose sau pe soția lui, Mary. Ceva i se părea ciudat și se simțea urmărit. Îi servise cu vin pe Huxley și Wood și chiar le vorbise puțin, silindu-se să pară serios când își juca rolul de servitor. Ceva sau cineva îl dăduse de gol însă, căci imediat după terminarea balului, cum pleca spre hotel, se pomeni înconjurat de o ceată de mascați înarmați până-n dinți. Un individ îl lovi cu putere pe la spate, iar în timp ce-și pierdea cunoștința, ceilalți bărbați tăbărâră pe el cu pumnii și cu picioarele. Totuși, ar fi putut îndura suferința, dacă ar fi fost sigur că țipetele feminine de alături nu-i aparțineau lui Joanne. Al patrulea țipăt îl făcu să urle din toate puterile, atrăgând atenția călăilor.

Uşa temniţei se deschise cu un scârţâit metalic, făcând loc unor tipi mascaţi. Unul ţinea o torţă în faţa sa, doi aduseră o masă pe care se aflau nişte instrumente de tortură deja folosite, căci aveau sânge proaspăt pe ele, iar al patrulea bărbat se postă în spatele lui, aşteptând. Niciunul nu părea să aibă de gând să renunţe la mască. După statură, Willem putea doar să speculeze cine erau ticăloşii, deşi nu avea nicio certitudine. Torţa o aşezară pe un suport, apoi bărbatul din faţa lui începu să vorbească pe un ton distorsionat, menit să-i ascundă adevărata identitate.

– Duce Starlight, aşteptam de foarte mult timp onoarea de a te întâlni, aceasta ivindu-se mai devreme decât plănuisem iniţial şi din cu totul alte motive, mai puţin nobile, însă adevărul e că ţi-ai căutat-o cu lumânarea. Recunoşti că am dreptate? Oh, desigur că am. Spre deosebire de tine, noi nu avem toată noaptea la dispoziţie, deci să trecem la treburi serioase. Cine mai ştie de escapada ta?

– Maică-ta! răspunse Willem încercând să mimeze amuzamentul, schimonosindu-se de durere în schimb. M-a trimis din iad. Ţi-a pregătit deja un loc.

– Mă aşteptam la un astfel de comportament din partea ta, flăcăule! râse mascatul, alegând leneş un bici cu vârf metalic ascuţit ca vârful unei săgeţi de pe masa soioasă, ca să-i dea timp lui Willem să-şi dea seama ce-l aştepta. Personal, urăsc violenţa, dar accept că ea e necesară în unele cazuri. Hai să vedem cât de obişnuit eşti cu iadul, lord Starlight! Băieţi, voi puteţi face deja pariurile! Cine e cel mai aproape de adevăr, va primi o recompensă pe măsură.

Biciul şfichiui aerul o dată şi Willem simţi mai întâi o arsură nemaipomenită, apoi o durere copleşitoare i se împrăştie prin tot corpul, făcându-l să nu mai judece clar şi să-şi piardă respirația pentru o clipă, totuşi, de pe buzele lui nu ieşi un sunet. Urmară rapid alte trei lovituri consecutive, când el abia îşi trăgea răsuflarea. Durea ca naiba.

– Te-ai convins că o moarte rapidă e de dorit în locul torturii? Dacă nu vrei să cooperezi acum, vei îndura mai multă suferință, dar îți garantez că rezultatul va fi acelaşi. Toți vorbesc, de aceea e o metodă aşa eficientă, prin urmare, te sfătuiesc să pui capăt chinului. Ne faci treaba mai uşoară tuturor, mai ales ție.

– Dacă tot aveți de gând să mă ucideți, ce-ar fi să-mi spuneți de ce, totuşi.

– Excelența Ta, mă tem că nu eşti în măsură să ne dai dispoziții aici. Vei afla răspunsurile pe care le cauți, doar după ce le primim noi pe ale noastre. Cred că va trebui să mai lucrăm puțin la convingere.

Bărbatul îl mai plesni cu biciul de cinci ori. Willem simți cum i se prelinge sângele fierbinte pe spate, fiecare dâră arzându-l. Se chinuia pentru fiecare gură de aer. Ochii îi înotau în lacrimi.

– Cred că ajunge pentru început, Excelență! Noaptea asta ne-a adus foarte multe surprize şi sunt sigur că vei fi încântat să le revezi, dar noi mai trebuie să facem mici pregătiri ca totul să fie perfect. Demn de statutul unei contese!

Bărbații ieşiră pe rând, luându-şi uneltele de tortură şi lăsând torța.

– Cine e femeia de alături? urlă el în urma lor. Nemernicilor!

Nu veni niciun răspuns din partea lor, ceea ce îl înnebunea de griji. Durerea lui putea fi ignorată, dar nu suporta să nu ştie pe cine torturau ticăloşii. Lumina torţei cădea pe măsuţa soioasă, de pe care se prelingea sângele în şuvoaie negre.

– Joanne! şopti el ca o rugăciune, înainte să-şi piardă din nou cunoştinţa.

# CAPITOLUL 19

A doua zi, după balul lui Edelweiss, majordomul Michael se purtase ciudat încă de dimineață, tot găsind scuze să plece în oraş, ba pentru cumpărături, ba pentru un comision important. Era la a treia învoire, când Joanne se sătură deja, tot întrerupând-o din activitățile sale.

– Michael, ai nevoie de întreaga zi liberă ca să-i raportezi ducelui ce se petrece pe aici sau chiar îți pasă că nu am destule semințe de plante şi alte materiale pentru sera mea? Îți poți lua două zile libere, dacă e nevoie, doar nu mă mai deranja atâta. Ah, şi când te întorci, neapărat să-mi aduci semințele alea.

– De fapt, începu bărbatul cu un glas tărăgănat, aproape tremurător, mă simt uşurat că nu mai trebuie să inventez motive pentru a pleca la stăpân...

– Mai e şi altceva? întrebă Joanne, când el nu se mişcă din loc.

– Hm, cred că... dacă tot ştiți de treaba mea secretă... eu...

– Vorbeşte! E cumva vorba de Willem? A pățit ceva?

– De ieri nu reuşesc să dau de stăpân. Am fost seara trecută, apoi pe la miezul nopții, dar nu l-am întâlnit şi nici nu mi-a lăsat vreun mesaj. Nu îi stă în fire. Trebuia să ne întâlnim obligatoriu o dată la două zile. Un angajat de la hotel care mă lăsa să intru nevăzut prin curtea din spate a zis că nu l-a văzut de ieri dimineață. Îmi fac griji, deşi poate nu-i nimic serios. Dar să nu fiți îngrijorată!

– Cred că mai bine ne asigurăm că într-adevăr e în regulă, decât să ne pară rău pe urmă. Azi voiam să ies în oraş oricum.

Joanne era pregătită pentru o astfel de situație. Îl desenase cu acuratețe pe bărbatul care o urmărise la cumpărături încă din primele zile şi le dăduse servitorilor ei o copie, fiind destul de sigură că doar el o urmărise şi că nu îi revenise sarcina asta şi altuia. Planul trebuia să fie cât mai simplu şi cui i-ar fi trecut prin cap că urmăritorul e urmărit la rândul lui? Theresa abia aştepta să-şi joace rolul, deşi trebuia să fie momeala. Nici ea nu-şi putea explica încrederea absolută pe care i-o acorda nurorii ei, cu toate că ştia căror riscuri se expune şi ce dezastru ar fi fost dacă planul nu mergea exact cum fusese conceput. Nerăbdarea i se datora şi faptului că aflase în ce se băgase fiul ei, prin urmare, voia să-l ajute, ca să nu sfârşească în mâinile unor ucigaşi, dar mai întâi era important să-şi păstreze mintea limpede.

Theresa se îmbrăcă într-o rochie de-a lui Joanne, având grijă să aleagă o pălărie cu boruri largi şi cu voal ca să-şi ascundă chipul, apoi, însoțită de Olivia în trăsura cu ornamente argintii a ducelui Starlight, o porni spre oraş. După ce ieşi de pe domeniul lui Willem, cam la zece minute după aceea, Joanne se luase pe urmele lor, într-o şaretă simplă, neagră, ce nu atrăgea atenția nimănui, însoțită de Daniel, John şi Michael. Majordomul insistase să vină cu dânşii, zicând că aveau nevoie de cineva care cunoştea

Londra ca în palmă. John se uita mereu după bufnița albă care o urmărea pe Theresa, şi cum stabiliseră pe unde să o ia ea dinainte, era doar o măsură de siguranță în plus, găsind pasărea deasupra unui magazin de bijuterii de pe strada Bond.

Fiind o grămadă de oameni acolo, servitorii nu întâmpinaseră greutăți cu amestecatul în mulțime şi cu dibuirea urmăritorului, care se ținea aproape de magazinul respectiv, chiar în colțul din dreapta. Joanne, îmbrăcată într-o rochie simplă cenuşie, îl recunoscu imediat, dar le făcu semn lui John şi Daniel să aştepte. Voia să-şi înlăture toate dubiile. Theresa şi Olivia ieşiră de la bijutier şi se îndreptară agale spre un alt magazin cu accesorii. Bărbatul îmbrăcat în haină lungă şi neagră le urmări de la distanță şi se opri afară, tot la colț. Toți treceau pe lângă el fără să-l observe. Dar care dintre nobilii aceia cu nasul pe sus s-ar fi uitat la un servitor? Conversațiile lor se reduceau numai la dânşii şi la viitoarele baluri ale sezonului. La un moment dat, Joanne surprinse privirea unui bărbat care se holba insistent la ținta ei şi era atât de evident, că o făcu să se întrebe ce-i cu el. Acesta din urmă avea o figură dură şi se încrunta aşa tare, încât ochii îi dispărură aproape sub sprâncenele stufoase.

*Ce-i asta?* se întrebă tânăra, cumpărând nişte flori de la o fetiță. *E posibil ca şi el la rândul lui să fie urmărit? Dacă e aşa, înseamnă că nu e de încredere sau a făcut o greşeală. Sau poate mă înşel? Nu mă aşteptam la asta. Oare lucrează amândoi pentru acelaşi om?*

Cum nu avea timp de irosit, Theresa mai vizită şi alte magazine, ferindu-se însă să vorbească sau să-i salute pe cunoscuți. Ar fi fost periculos dacă o recunoştea cineva. Bănuiala Joannei deveni certitudine când văzu că urmăritorul era supravegheat la rândul lui. Le făcu semn a nu ştiu câta oară servitorilor să aştepte, dar soacra ei îşi terminase cumpărăturile şi se întoarse la trăsură. Imediat ce plecă ea, tipul îmbrăcat în servitor se luă după dânsa, în timp ce bătrânul cu sprâncene stufoase îl privi până dispăru din vedere, apoi se îndreptă cu viteză departe de strada aglomerată. Joanne îi porunci lui Daniel să îl spioneze, apoi se duse şi ea acasă. Nimic neaşteptat nu se întâmplă pe drum, iar asta o puse iar pe gânduri. Chiar la marginea moşiei dădu peste iscoada care îşi lăsase calul să pască la umbră, ferit vederii de pâlcul des de copaci. John şi Michael înţeleseră că acum era şansa lor de a-l captura, aşa că se duseră după dânsul pe furiş şi după vreo zece minute îl aduseră în faţa ducesei.

Joanne se decise să înceapă imediat interogatoriul, dar voia ca el să vorbească de bunăvoie, aşa că încercă să-l convingă cu bani sau măcar să afle ce îşi dorea. Tânărului i se învineţea deja obrazul drept. Michael şi John erau de o parte şi de alta a lui ca să nu poată fugi, deşi se îndoia că ar fi putut reuşi cu glezna aceea umflată. John nu învăţase niciodată să fie diplomat.

— Domnule Wilson, începu ea pe un ton blând, dar hotărât, spuneţi-mi pentru cine lucraţi!

— Habar n-am despre ce vorbiţi! răspunse el morocănos, fără să o privească în ochi.

— Atunci, de ce mă urmăriţi de atâta timp? Vă sunt dragă?

— Habar n-am despre ce vorbiţi! Fac des plimbări prin oraş şi caut un loc de muncă. Am venit câteva zile la rând aici ca să văd dacă mă pot angaja.

— Şi de ce n-ai venit să vorbeşti cu noi?

– N-am avut curaj. Am fost dat afară de câteva ori înainte şi dacă ducele află motivele, clar nu am şanse să intru aici.

– Dar te-ai tot întors.

– Da, e mai uşor să spui familiei că ai încercat decât că stai degeaba. Mie îmi convine să stau degeaba şi să zic că am încercat, astfel nu mă blamează că nu le aduc bani acasă.

Joanne se cam enerva să-l asculte. Aroganța lui îi permitea să o mintă în față, însă se hotărî să-i facă jocul. Nu-l plăcea pe omul ăla.

– Dacă vrei aşa mult să lucrezi aici, pot să te angajez. Ce zici?

– O să mă gândesc la asta.

– Permite-mi să-ți ofer un pahar cu vin ca să-mi cer iertare pentru purtarea necuviincioasă a servitorului meu.

– Iar eu vi-l ofer dumneavoastră prima dată!

Joanne zâmbi şi turnă vin roşu într-un pahar. Luă o gură zdravănă, apoi îi oferi paharul lui Wilson, care îi dădu pe gât conținutul dintr-o răsuflare. Precauția îl făcuse să o determine să bea ea prima, dar nu avea rost. Vinul făcea parte din colecția soțului ei, dar adăugase în el extract de *huachuma*, sau cum le plăcea spaniolilor să îl numească „San Pedro", deşi tot ei ziceau că cei care îl consumă îl văd pe diavol. Substanța provenea de la un cactus în formă de lumânare, care creştea în zonele înalte ale Cordilierilor şi era folosit pentru proprietățile sale halucinogene din timpul ceremoniilor şamanice. Joanne aflase despre San Pedro din jurnalul de călătorie din tinerețe al mamei sale şi cum era utilizat din cele mai vechi timpuri de vindecătorii andini, a reuşit să facă rost de câteva astfel de plante şi să le crească în sera de acasă, vrând să le folosească drept medicamente.

Ea era imună la efectele amestecului de *huachuma*, însă nu şi Wilson. Putea deja observa cât de repede îşi făcea efectul.

Wilson părea ameţit deodată şi, când întinse o mână spre el, se dădu înapoi speriat, uitându-se buimăcit, probabil neştiind unde se află.

– Ce se întâmplă?! strigă el, încercând să se ridice, dar picioarele nu-l ascultau şi căzu în genunchi. Nu te apropia!

– Nu mă recunoşti, Wilson? spuse Joanne, imitând vocea Isabellei.

Tânărului păreau să-i iasă ochii din orbite şi uitase să respire.

– Nu, nu, nu! urlă el. Lasă-mă în pace, diavole! Nu e vina mea! Dispari!

– O să fiu mereu cu tine, Wilson!

– Nu! Dispari! N-a fost vina mea! Ei sunt de vină! Du-te la ei! Pleacă! Nu mă atinge! Ah, mă arde! Încetează, te implor!

John abia se abţinea să nu râdă de bărbatul care se zbătea spasmodic pe podea, încercând să se apere de nişte duşmani invizibili, iar majordomul Michael se holba buimăcit, neînţelegând ce se petrecea. Joanne aprinsese nişte beţişoare aromate ce accentuară efectele halucinogene asupra lui Wilson, care credea că e înconjurat de diavoli şi aceştia îi dăduseră foc. Urletele ca din gură de şarpe o aduseră pe Theresa în sala din bibliotecă, iar scena o înspăimântă de-a dreptul. Se repezi spre Wilson să-l ajute să se ridice, dar el aproape o lovi, aşa că se retrase fără să scoată un cuvânt. Îi aruncă o privire întrebătoare Joannei, fără să primească un răspuns.

– Încetaţi, vă rog! Vă implor! Diavoli afurisiţi! Doamnă Jenner, spune-le să se oprească!

– Nu meriți să suferi singur! mârâi Joanne cu un glas tenebros ce te înspăimânta până în măduva oaselor. Ştim că doar ai urmat ordinele, dar nu te scuteşte de vină! Pedeapsa ta va scădea în funcție de câte nume ne dai! Cine au fost ucigaşii noştri?

– Mi-e teamă! O să mă omoare!

– Eşti deja mort! Ei nu mai pot ajunge la tine. Vei rămâne aici pe veci cu noi!

– Nu! gâfâi el, plângând şi salivând pe covoraş ca un copil mic. Luați-l pe Huxley şi pe Wood! Rosamund, Medley, Clive! Porcii ăia blestemați au pus la cale răpirile! E vina lor! Lăsați-mă în pace! Încetați!

Wilson îşi pierdu mințile cu totul şi leşină. Când urma să se trezească probabil va pune totul pe seama unui coşmar. Trecuseră două ore şi bărbatul tot nu se trezise, dar se întorsese Daniel şi după expresia feței lui, lucrurile erau cum nu se poate mai rele.

– Stăpână, cel pe care l-am urmărit s-a întâlnit undeva la marginea oraşului cu un grup de cinci oameni şi au răpit o femeie chiar din fața hotelului Hart. M-am luat după ei şi chiar când credeam că armăsarul meu îşi va da duhul de la atâtea ocolişuri, s-au oprit la casa lordului Edelweiss! Au intrat toți înăuntru şi nu au mai ieşit.

– Eşti sigur că era casa lordului Edelweiss?

– Desigur, doar am fost ieri la balul lui. Ah, şi femeia aia sigur nu a mers de bunăvoie, că a început să țipe după ajutor şi imediat i-au tras o lovitură de şi-a pierdut cunoştința. În plus, ea aştepta în fața hotelului Hart...

– Ştiu, Daniel. Anunță-i pe ceilalți că ne pornim după lăsarea întunericului, adică într-o oră şi jumătate. Să fie totul pregătit!

– Am înțeles! Şi cu ăsta ce facem? zise el, făcând un semn dezgustat către Wilson.

– Va fi păzit şi ținut aici. Nu vreau să se dezmeticească şi să fugă la Edelweiss ca să-i dea de veste, mai ales că eu voi fi Wilson şi mă voi întâlni cu el.

Joanne chicoti, dar în adâncul sufletului era îngrijorată. Îi simțea lipsa lui Willem.

# CAPITOLUL 20

Willem habar n-avea dacă era zi sau noapte. În temniță domnea întunericul, doar uneori vedea lumina unei torțe trecând prin dreptul ușii sale și răsufla ușurat când se ducea mai departe. Cineva pusese să fie verificat, dar persoana care se ocupa de asta nu venea regulat. Auzise țipetele de ajutor ale femeii de alături, însă un mascat o amenință, zicându-i că, dacă nu tace, îi vor tăia limba. Sigur vorbea serios, căci strigătele ei au încetat, însă nu-i opriră suspinele. Ducele nu-i recunoștea vocea. Nu-i aparținea lui Joanne, dar nici nu-l liniștea. Nemernicii ăia se întorceau și păreau să vină cu noi idei de tortură. Abia își revenise de la ultima tură. Durerea nu-l lăsa nici măcar să leșine. Ticăloșii nu intrau niciodată singuri, mereu câte doi sau trei și întotdeauna alături de bărbatul care îl biciuise de prima oară, de fapt, el ținea cu tot dinadinsul să înceapă tortura, iar când obosea, le dădea ordin celorlalți să-l bată. Primise un astfel de tratament cu numai câteva ore în urmă. Mascatul-șef îl biciuise până la epuizare, transformându-i tot spatele într-o rană vie. Vârful biciului fiind făcut din metal îi smulse fâșii de piele și bucăți de carne. Bătaia în schimb nu fusese așa de rea, deși cu siguranță se alesese cu vreo două coaste rupte. Doar unuia dintre nenorociți îi făcea plăcere să-l lovească în același loc și rămânea la urmă ca să-l amenințe că nu va scăpa cu viață, plus că mima niște gesturi în care îi dădea de înțeles că îl va castra. Willem își jură că, dacă va scăpa de acolo, primul cu care își va regla socotelile avea să fie tocmai acela.

Faptul că nu-l mai vizitaseră de ceva vreme îi dădu șansa să reflecteze asupra necunoscuților. Fiecare dintre ei avea ceva familiar, deci îi mai întâlnise undeva înainte. Oricât se străduia să-și amintească numai nu reușea, durerea amărându-i starea de spirit și așa proastă. Începea să se gândească cu tristețe că nimeni nu știa unde se află și că va muri fără să fi făcut lumină în acel caz, căci ticăloșii urmau să-și vadă de treburi mai departe. Măcar dacă ar fi reușit să lase niște indicii ca să nu moară degeaba. Dar ce indiciu putea lăsa, când nu știa nimic concret despre ucigași, cine erau, unde locuiau sau motivele acțiunilor lor? Dacă o altă victimă ajungea în acel loc, cu ce i-ar fi folosit deducțiile sale, de vreme ce nu putea scăpa oricum? La naiba, își zise el furios. Tot ce am de făcut acum e să-i aștept să mă omoare?!

Scuipă îngrețoșat doar ca să scape de gustul metalic al sângelui din gură, apoi trase adânc aer în piep, în ciuda durerii insuportabile, încercând să-și evalueze situația. Pierduse mult sânge și la fiecare gură de aer simțea înțepături în cutia toracică. Sigur nu avea să reziste data viitoare la tortură, iar ei nici măcar nu folosiseră toate instrumentele înșirate pe măsuța murdară. Bănuia că le vor utiliza cât de curând însă. Oare câte alte persoane înduraseră așa ceva înainte? Era înfiorător că făptașii scăpau basma curată de fiecare dată. Nedrept.

De partea cealaltă a temniței se auzeau zgomote și gemete. Inima începu să-i bată puternic, cuprinzându-l teama. Așteptă.

– *Dacă tot ați prins-o pe damă, închideți-o și ne vom ocupa în noaptea asta de toți! Îmi ies din minți cu atâția prizonieri! Vreau să scap de ei! Am grăbit lucrurile și mă tem să nu fi făcut vreo greșeală. E doar vina prostului ăla de Wood! Nu s-a mai întâmplat așa ceva!*

Vocea îi aparținea liderului mascaților care vorbea cu altcineva. După tonul folosit, se părea că îi dă niște explicații cuiva, probabil nu unuia dintre lachei. Cealaltă persoană vorbea în șoaptă, însă era evident că se certau. Nu reușea să deslușească vorbele lor, doar niște sunete mai stridente îi dădură de înțeles că e o femeie. O fi fost soția lui? Sau doar îi dădea ordine noi? Lui Willem nu-i păsa. Certitudinea că va muri deveni copleșitoare, când bărbatul pronunță numele servitorilor săi. Nu ar fi rostit asta cu glas tare decât dacă se hotărâse să scape de ei.

– *Dacă nu scăpăm de ei acum, totul, dar absolut totul se va duce naibii! aproape răcni liderul. Nu te las să distrugi tot ce am dobândit în acești ani, doar pentru o prostie de moment! Sunt destui bărbați pe lume! Acum pleacă de aici! E noapte deja! Nu cred că vrei să asiști la grozăviile astea. De data asta, nu ne mai jucăm... Bine, fie! Nou-venita e în celula de la capătul coridorului. Fă-ți de cap cu ea până terminăm noi cu Starlight!*

După aceea, mascatul șef deschise ușa cu brutalitate și intră în celulă, ținând o torță în mâna stângă. Era pentru prima dată când venea singur. Nu adusese cu sine clești sau alte instrumente de tortură, doar biciul.

– Bine, dragul meu duce Starlight, am fost destul de răbdător cu tine și te-am luat ușor. Cred că și tu ești sătul de rutina noastră deja, așa că hai să termin odată ca să-mi văd de viață. Nu-mi face plăcere să fac asta.

– Serios? Nu mi se pare că ai avea mustrări de

conştiinţă. De câţi ani te ocupi cu afacerea?

– De prea mulţi ani. Am uitat.

– Asta e cam nedrept. Tu vrei să afli aşa multe de la mine, dar nu îmi spui nimic în schimb. N-ar fi mai uşor să colaborăm?

– Mă îndoiesc că te-ar ajuta la ceva. Ţi-ai dat seama deja că nu vei ieşi viu de aici. Datorită ţie, poate nu voi mai fi nevoit să fac asta pentru câţiva ani.

– De ce, lord Edelweiss?

– Oh, de ce presupui că aş fi Edelweiss?

– Era o chestiune de timp până să-mi dau seama. Felul în care mergi şi vorbeşti... desigur, cu mască şi pe întuneric nu te pot deosebi de ceilalţi, dar când am observat că încerci să-ţi schimbi glasul, mi s-a părut ciudat. Când le-ai ordonat acelor nemernici să mă bată, am auzit un sunet slab, ca un fel de sâsâit. Cicatricea de pe obraz ţi-a deformat puţin gura, aşa că unele sunete le rosteşti cu o oarecare dificultate. Am avut mult timp să mă gândesc la asta aici. Apoi, când te-am încadrat într-un tipar cunoscut, a fost uşor să pun câteva lucruri cap la cap.

– Serios? Atunci mi-ar face plăcere să le aud.

– De fapt, toate sunt aşa simple, că mă miră că nu m-am gândit la ele. Aşadar, ştiu că ai avut trei soţii. Nimeni nu a auzit de contele Edelweiss până nu ţi-a cumpărat primul socru titlul ăsta, apoi l-ai ucis şi ai risipit averea soţiei. Când erai la sapă de lemn, cel mai uşor ţi-a fost să te ridici cu averea altei femei, iar fiica prietenului tău era potrivită, mai ales că el te-a ajutat şi cu o mare parte din datorii, însă binefacerile lui nu te-au împiedicat să-l ucizi ca să-i iei averea. Cineva mai puţin ambiţios s-ar fi mulţumit cu norocul chior picat ca din cer şi s-ar fi învăţat minte, dar nu şi tu. Ai scăpat şi de a doua soție ca să-ți iei alta cu trei ani în urmă. Totuși, s-a dovedit a fi o dezamăgire pentru tine, iar fata nu avea averea pe care ți-o imaginai, plus că ai aflat de datoriile tatălui ei, deci ai scos-o din schemă. Oh, și toate duelurile alea despre care te lauzi atâta au fost inechitabile. Bunul tău prieten, vicontele Redgrave, trăgea în locul tău și îi ucidea. Omul se mândrea peste tot cu ținta lui precisă și dădea de înțeles la un pahar că nu se ocupa doar cu vânătoarea de animale. De câțiva ani la rând, te-ai gândit la o altă metodă de a obține bani. Răpești femei pentru răscumpărare și după ce ți se plătește suma cerută le trimiți în bucăți. Iar pentru asta ai strâns niște nenorociți fără scrupule ca tine. Ei bine, ce zici? Am dreptate până aici sau vorbesc degeaba? Să știi că e al naibii de greu să vorbești când îți vine să urli de durere.

– Interesată teorie și eu aș mai adăuga la ea că lordul Edelweiss și-a găsit deja o a patra viitoare soție, care va fi văduvă în curând. Știu că nu ai folosit-o prea mult, deci e aproape ca nouă.

– Nemernicule! Javră! Ticălosule!

– Of, băiete, râse bărbatul, scoțând un cuțit din buzunarul interior al hainei, păcat că nu vei fi aici ca să vezi.

– Toată tortura asta... Nu te mai interesează cine știe despre voi?

– Nu, tu însuți mi-ai dat de înțeles că nu știi nimic despre noi și ți-ai făcut o idee abia după ce te-am închis aici, deci nu-mi fac griji. Cred că se vor auzi niște zvonuri prin oraș, iar unul dintre ele va zice că marele duce Starlight, deși avea tot ce și-ar putea dori, a renunțat la o viață de lux pentru dragostea adevărată, fugind împreună cu Dorothy Swan, amanta sa. Ți-ai săpat singur mormântul, flăcău.

– Nu te va crede nimeni!

– Nu pe mine trebuie să mă creadă lumea. Oamenii vor vorbi de la sine, dacă le arunci un os.

Edelweiss îi băgă încet vârful cuțitului în braț, privind fascinat cum țâșnea sângele. Din celulele de alături se auzeau țipete și plânsete. De undeva veneau niște zgomote infernale, ca și cum cineva trăgea cu tunul sau împușca. Mascatul se opri, ascultând cu atenție. Ușa se dădu în lături și își făcu apariția un tip care-și ținea batista la nas din cauza fumului gros de pe hol.

– Ce se întâmplă acolo? întrebă Edelweiss furios. Wilson, tu ești? Răspunde-mi odată, prostule!

– Stăpâne, răspunse băiatul tușind la greu. Suntem atacați! Trebuie să fugim de aici! Soldații reginei ne atacă. Din cauza unui accident a luat foc o tapiserie și se extinde. Acum e momentul să plecăm, altfel vom da de necaz.

– La naiba! înjură Edelweiss, dând cu pumnul în perete. Dar aici jos sunt prizonieri! Dacă soldații îi găsesc... vom muri cu toții!

– Nu vă faceți griji! Mă ocup eu! Îi omor și le dau foc, ca să nu poată fi recunoscuți! Când li se vor descoperi cadavrele, se va crede că unul dintre ele e al dumneavoastră, iar restul ale servitorilor. Putem spune că a fost un tragic accident și îl putem învinui pe Starlight. Ceilalți lorzi au fugit deja. Cred că soldații au reușit să treacă deja de intrare. Fugiți cât mai aveți timp, altfel o să ardem de vii cu toții!

Edelweiss era pe punctul de a ieși pe ușă, dar se întoarse deodată și se uită la persoana dinaintea lui, de parcă își dădu brusc seama de ceva foarte important. Își scoase cuțitul, repezindu-se la ea urlând, însă bărbatul scund se feri cu agilitate şi scose rapid un bețişor de lemn, suflând în el. Contele se prăbuşi instantaneu la pământ şi rămase ca mort. Wilson îşi îndreptă privirea asupra lui Willem, aruncându-i în față batistuța roşie pe care şi-o ținuse la gură, iar acesta îşi pierdu cunoştința, amăgit de o dulce toropeală a parfumului de bujori.

# CAPITOLUL 21

Aerul rece pătrundea în cameră, făcându-l să deschidă ochii leneş. O fereastră era larg deschisă şi briza făcea ca perdelele subţiri să se legene uşor. Păsărele ciripeau vesele şi se simţea parfumul florilor. Murise? Se simţea bine. Încercă să-şi ridice mâna, dar se strâmbă de durere. Da, categoric nu murise. Nu simţea durerea decât când voia să se mişte, aşa că se dădu bătut. Avea corpul înfăşurat în bandaje albe. Îşi zise că seamănă cu o mumie egipteană. Era acasă. Strigă să vină cineva şi Joanne se făcu prezentă imediat, aducând o tavă cu mâncare. Inima îi tresăltă.

— Te-ai trezit devreme, spuse ea zâmbitoare. Cum te simţi?

— Ca după o bătaie bună, iubito! glumi el.

— Dacă ai chef de glume, înseamnă că te simţi mai bine. Ai nevoie de multă odihnă, totuşi.

— Cât am fost inconştient?

— Două zile aproape. Ţi-am pregătit o supă. Te hrănesc eu.

— Draga mea, nu vreau să par nerecunoscător, dar vreau să aflu ce s-a întâmplat. Cum m-ai găsit? Spune-mi totul, te rog.

— Îţi povestesc, dacă mănânci.

Joanne îl ajută să se ridice pe perne şi îi dădu să guste

supa. Willem abia acum își dădea seama ce flămând era.

– Știi, Willem, dacă ai fi stat puțin de vorbă cu mama ta, ai fi aflat toate bârfele, de la care să pornești o investigație. De exemplu, ar fi trebuit să te întrebi cine avea mari datorii și care lorzi au avut decese în familie. Edelweiss a început toată tărășenia după ce și-a pierdut a treia nevastă, anul trecut. De atunci a căutat oameni aflați în situația lui și i-a convins că metoda cea mai ușoară de a se îmbogăți din nou era să scape de soțiile lor și să se însoare cu altele. Ei au titlurile și fetele ar fi venit cu averea. Simplu. Însă dacă îi lua în vizor doar pe cei cu datorii, ar fi atras atenția, mai ales atâtea decese ale căror explicații deja începeau să bată la ochi, prea multe accidente și boli, de aia s-a gândit la planul cu recompensele. Lady Ross și lady Salvin au fost implicate fără ca soții lor să facă parte din grupul lui Edelweiss, însă Wood și-a torturat nevasta și a arătat intenționat scrisoarea de răscumpărare, la fel și în cazul lui Huxley, pentru că pe ei îi bănuiau câteva persoane și se îndoiau că soțiile lor muriseră natural, de vreme ce lumea știa de certurile și violența la care erau supuse constant. Wood a acționat de unul singur, pentru că avea nevoie disperată de bani și nu voia să-i împartă cu ceilalți, mai ales după ce s-a ales aproape cu nimic din recompensa de la răpirea contesei Salvin. De aceea scrisoarea lui era diferită față de celelalte.

– Dar tot nu-mi dau seama cum de ai știut unde să mă găsești.

– Ajung și acolo. Aflasem deja unde stăteai, la hotelul Hart, și nu, nu te-am spionat. Întâmplarea face ca prietena mea din copilărie, Isabella, să stea și ea în cartierul acela, așa că într-o noapte, fiind curioasă unde se tot ducea Michael... Apropo de asta, a fost o prostie să îi ceri să-ți dea raportul o dată la două sau trei zile, când bănuiai că fusese trimis un spion pe urmele tale.

– Deci tu recunoşti acum că nu m-ai ascultat şi ai ieşit la plimbare noaptea pe străzi, mârâi Willem încruntat.

– Cu plăcere. Revenind, în noaptea aia, Isabella Sheldon a fost atacată şi abia am reuşit să-i salvez viaţa, dar când şi-a revenit, mi-a zis o poveste interesantă. Soţul ei, George, se băgase în nişte afaceri dubioase ca să scape de datorii şi a fost abordat în secret de lordul Edelweiss, care i-a promis că-l va scăpa de probleme, cu condiţia să o ucidă. Sheldon a băut într-o noapte, ca să-şi facă probabil curaj şi a bătut-o pe Isabella până a crezut că femeia a murit, apoi s-a dus în grabă la Edelweiss, povestindu-i ce a făcut, de fapt, făcând scandal pe tema asta fix când contele avea nişte oaspeţi la cină. A râs de beţivan pe faţă, dar în secret a trimis un servitor cu dânsul ca să-i arate cadavrul. Pe drum, Wilson, că lui îi fusese încredinţată misiunea de a-l escorta acasă pe Sheldon, l-a înjunghiat şi l-a aruncat într-un şanţ, apoi a fugit. Bărbatul a supravieţuit însă şi a încercat să se împace cu Isabella. Voia s-o convingă să fugă împreună cu el, zicându-i de ce procedase astfel, dar ea pierduse sarcina în urma bătăii primite de la el şi aproape viaţa, prin urmare e clar că nu mai voia să-l vadă vreodată, aşa că George s-a aciuat prin părţile unde locuia ea, hărţuind-o. Nu putea trăi prea departe de dânsa, însă nici nu avea tupeul să iasă în văzul lumii, mai ales că la câteva zile de la întâmplările respective auzise deja zvonurile cum că din cauza datoriilor decise să se sinucidă. Aşadar, trebuia să rămână ascuns. Îşi lăsase barbă ca să nu fie recunoscut şi ocazional jefuia prostituate ca să aibă de băut.

– Iar asta a ajuns la urechile lui Edelweiss şi a trimis

iar pe cineva ca să-i astupe gura, dar ucigaşul m-a găsit şi pe mine.

– Exact. De fapt, bănuiala lui Edelweiss a devenit certitudine abia când unul dintre servitori i-a zis că te-a văzut în compania lui Sheldon la un bar, însă pusese să fii urmărit de mai devreme totuşi, de la vizitele zilnice ale domnişoarei Dorothy Swan, iar la asta le-au atras atenția şi vizitele lui Ambrose, care era deja luat în vizor de ei, pentru că începuse să se intereseze de datornici pe la casele de pariuri... I-ai subestimat şi ai fost de-a dreptul neglijent. Ați fi putut muri cu toții în noaptea aia, dacă nu acționam.

Willem îşi dădu seama ce prost fusese. Îşi pusese viața în pericol şi nu doar pe-a lui. Pentru asta probabil nu avea să se ierte niciodată. Joanne ştia totul şi vorbea atât de calmă despre Dorothy Swan. Oftă ruşinat. Ochii ei căprui îl priveau cu înțelegere. Nu îi reproşa nimic, părea doar tristă sau dezamăgită.

– Cine mai era în temnițele lui Edelweiss?

– Ambrose şi soția lui, Dorothy Swan şi George Sheldon. Toți vor supraviețui, cu excepția lui Sheldon. Era deja mort când am ajuns acolo. Mary, care a fost răpită din fața hotelului Hart, unde o ascunsese Ambrose, s-a ales cu unghiile smulse şi cu un ochi scos de Elena Sweetpea, care trecuse deja la însemnarea cu fier încins. Şi ea făcea parte din grupul lor, de fapt, Edelweiss a mărturisit că fata se ocupa cu maltratarea victimelor... Dorothy a fost violată de aproape toți făptaşii, dar nu a suferit alte răni fizice. Ambrose... încerc un nou tratament, în speranța că îşi va mai putea folosi măcar o mână...

– Nu te opri, Joanne, zise Willem interesat, prinzând

din zbor alte detalii despre soția lui. Cum ai ajuns acolo la momentul potrivit?

– L-am capturat pe Wilson, omul care fusese pus să mă spioneze şi... l-am convins să îmi spună pentru cine lucra, cu toate că înainte am trimis un servitor să-l urmărească pe omul care-l urmărea pe Wilson. Tânărul nu se bucura de încrederea lui Edelweiss după ce îl lăsase în viață pe Sheldon. Când am aflat că au răpit-o pe Mary Copeland, mi-am pus planul în acțiune. M-am deghizat în Wilson şi împreună cu servitorii mei am creat o diversiune. Am intrat în interiorul conacului, imitând vocea lui Wilson şi spunându-le că suntem atacați. Să le fi văzut mutrele speriate! Toți au început să alerge afară din casă, când au auzit pocniturile de la artificii, dar nu au ajuns prea departe, că soldații chemați de mama ta i-au prins imediat. N-a scăpat niciunul şi vor fi judecați şi pedepsiți pentru faptele lor. Vicontele Redgrave, cel care câştiga duelurile lui Edelweiss a fost ucis. Credea că pistolul lui e mai rapid decât cuțitele prietenului meu, John.

Willem era surprins. Joanne nu se încadra în tiparul femeilor cu care fusese el. Se lăsă pe spate cu o figură meditativă. Ea strânse tacâmurile şi se ridică de pe pat.

– Unde te duci?

– Nu eşti singurul meu pacient, Willem. Ambrose şi Mary au nevoie de mine.

– Nu ai chemat un doctor?

– Ba da. Când i-a văzut, a zis că nu au şanse de supraviețuire, aşa că l-am trimis acasă. Nu am nevoie de un astfel de medic. Condiția lui Ambrose nu e deloc bună şi încă mă tem pentru viața lui. Am trimis după un alt doctor. Oh, şi să nu crezi că tu eşti vindecat! Am stat o zi întreagă să-ți cos rănile de pe spate şi să mă ocup de locul în care ai fost înjunghiat. Efortul a fost colosal şi n-am reuşit să dorm de trei zile, aşa că stai în pat şi odihneşte-te! Dacă îţi vin idei de plimbare, te asigur că Edelweiss o să ţi se pară blândeţea întruchipată pe lângă mine!

– Iubito, dar mai avem atâtea de discutat! protestă el.

– Pe mai târziu, Willem, rosti ea pe un ton obosit. O să vin neapărat la pacientul meu preferat.

Joanne ieşi repede pe uşă, lăsându-l singur cuc, însă nu trecură nici două minute, că în cameră intră mama lui. Îl îmbrăţişă şi-l sărută, lăsându-i dâre de lacrimi pe obraji.

– Nu plânge, mamă. Sunt bine.

– Ai idee ce am simţit când te-am văzut în halul ăla? şopti ea cu voce tremurătoare. Credeam că te voi pierde, dar Joanne a fost acolo şi m-a asigurat că vei fi bine. Am văzut că a salvat-o pe doamna Sheldon şi mi-am pus toată încrederea în ea. Oh, Willem!

– Mamă, cum ţi se pare Joanne? E aşa cum ţi-ai dorit să fie nora ta?

– Nu am avut o preferinţă anume, dragule, deşi acum îi mulţumesc lui Dumnezeu că nu a fost Elena Sweetpea. Acum ştiu ce se ascundea sub chipul acela angelic şi încă nu sunt îngrozită de ce a făcut. Totuşi, Joanne clar nu e o persoană pe care să o judeci după aparenţe. E deosebită, bună la suflet, inteligentă, talentată. Am petrecut doar recent ceva timp împreună cu ea şi am fost plăcut surprinsă. Aş putea zice că am devenit prietene. Totuşi, nu înţeleg de ce...

– Ce anume?

– Nimic. Nu-i nimic.

– Te rog, mamă, insistă Willem.

– Eşti sigur că Dorothy Swan e pentru tine? Am aflat

de ce ai ales-o pe Joanne să-ți fie soție, dar timpul petrecut cu ea nu te-a făcut să o vezi altfel? Nu e treaba mea asta. Relația mea cu Joanne nu se va schimba... însă la cum se poartă ea cu tine, aş zice chiar că e îndrăgostită. Păcat că sentimentul nu e reciproc.

– Scumpă mamă, despre ce vorbeşti? De unde ți-au venit ideile astea? Nu înțeleg nimic.

– Dorothy Swan ne-a zis totul, iar Joanne... a fost de acord să se dea la o parte. După ce se va asigura că te vindeci, va pleca acasă.

Willem simți că se sufocă şi nu doar din pricina nenumăratelor bandaje. Dădu să se ridice, dar Theresa se sperie şi încercă să-l oprească.

– Willem, ai nevoie de odihnă! Ai pierdut mult sânge.

– Nu-mi pasă, mamă! strigă el furios. Cheam-o imediat pe Joanne!

– Bine, doar stai liniştit.

Femeia ieşi repede pe uşă, iar ducele resimți durerea prin tot corpul. Bău nişte apă din carafa lăsată pe noptieră, apoi se rezemă pe perne. *La naiba cu valeriana aia! Credeam că i-am luat toate sticlele! îşi zise furios,* constatând că îl cuprindea somnul.

# CAPITOLUL 22

Joanne era îngrozitor de obosită şi cu tot ajutorul Oliviei, abia reuşea să se împartă între cei cinci pacienți adunați la conacul ducelui Starlight şi făcea tot ce-i stătea în putință să-l evite pe Willem. Nu se simțea pregătită pentru o discuție serioasă cu el, mai ales când Dorothy Swan i se fâțâia toată ziua prin față, plângându-se că are dureri din cauza celor suferite în temnițele lui Edelweiss. Joanne încercase să o trateze la fel ca pe ceilalți, dar femeia întrecea măsura şi îi punea răbdarea la încercare. În seara aceea, ațipise puțin în bibliotecă, însă Dorothy se hotărâse cu orice preț să nu o lase în pace.

– Ce mai e acum, Dorothy? întrebă ea plictisită.

– Cred că ar fi bine să mi te adresezi mai politicos, având în vedere că vorbeşti cu adevărata ducesă Starlight. Nu sunt obligată să-ți tolerez figurile de fiecare dată când intru într-o cameră.

– Adevărata ducesă Starlight? repetă Joanne amuzată.

– Da. Probabil Will nu a apucat să-ți spună chiar totul, dar planul ăsta a fost conceput tocmai pentru a mă proteja pe mine. Nu mă înțelege greşit, nu are nimic personal cu tine, doar că hai să fim sincere, pe mine mă iubeşte, iar tu erai doar momeala pentru a-i scoate la lumină pe nemernicii ăia; în plus, n-ai fi fost cine ştie ce mare pierdere, doar o persoană de care ne puteam lipsi.

Cuvintele ei se împlântau ca pumnalele în sufletul lui Joanne. Clipi des ca să-şi alunge lacrimile. Nu sperase la o despărțire frumoasă, dar nici nu putea suporta să fie făcută preşul amantei soțului ei.

– Serios? Excelența Ta, dar ce crezi că s-ar întâmpla dacă ducele ar muri acum? Cu ce te-ai alege în afară de dragostea lui?

– Cum îndrăzneşti?! urlă Dorothy, iar chipul ei frumos se schimonosi deodată. Să nu cumva să încerci să-i faci felul, ticăloaso, altfel jur că vei plăti cu viața!

– Pleacă, Dorothy! spuse Joanne cu tristețe. Lasă-mă singură!

– În casa mea nu-mi spui tu când să plec!

Furioasă şi sătulă până peste cap de prezența iritantă a blondei, Joanne se ridică şi îi trase două palme, apoi îi arătă uşa. Dorothy ieşi trântind uşile, fugind drept în camera lui Willem. Tânăra regretă imediat purtarea ei urâtă, dar răul fusese deja făcut. Se aşeză la loc în fotoliu, urmărind cu privirea cum lumânările se topeau treptat. Lacrimile îi cădeau pe obraji, nefiind conştientă de ele. Se gândea la ceea ce îi spusese domnişoara Swan şi mai ales la clipele petrecute alături de Willem. Când lumânările se stinseră, Joanne încă nu se hotărâse ce avea de făcut, aşa că după ce îi dădu de grijă Oliviei cum să aibă grijă de bolnavi, a doua zi plecă pentru o vreme în vizită la tatăl ei.

Willem se trezea rareori şi cerea să o vadă neapărat pe Joanne, dar Theresa şi Olivia mereu găseau câte o scuză şi iar îl adormeau. Desigur, la el mai venea şi Dorothy, dar când venea ea, se prefăcea întotdeauna că doarme.

– Ce naiba e cu tine, Will? Ce ți-a făcut javra aia de dormi întruna? Ştii ce perfidă e? A zis că mai bine te omoară decât să te piardă, deşi i-am zis că pe mine mă iubeşti. De ce nu poate înțelege că noi doi suntem făcuți unul pentru celălalt? M-a bătut. Înțelegi? Atâta timp cât ea va sta în casa asta, eu nu voi avea linişte. Cazul s-a terminat! Fă-i vânt şi trimite-o înapoi la coada vacii, de unde a venit!

Blonda pleca apoi enervată, fără să primească niciun răspuns. Asta până într-a patra zi, când Willem nu mai putu suporta aceleaşi văicăreli şi insulte la adresa Joannei.

– Ascultă, Dorothy! Soția mea ți-a salvat viața şi tot ce faci tu e să o ocărăşti. N-ai pic de respect față de ea? În plus, o să-ți zic clar, ca să pricepi odată! O iubesc pe Joanne şi nu voi renunța la ea! Între noi nu a fost niciodată vorba de iubire. Te-am ajutat destul. Ți-am dat o casă şi o sumă lunară care să-ți satisfacă nevoile şi să-ți plăteşti servitorii. Nu vreau nimic în schimb de la tine, doar să îți vezi de viața ta. Lasă trecutul în urmă. Nu te agăța de mine. Confunzi iubirea cu recunoştința.

– Dar chiar te iubesc! spuse ea pe un ton bosumflat, ca de copil, cum obişnuia în trecut, ca să primească ce dorea.

– Sentimentul nu e reciproc, Dorothy. Am crezut că țin la tine, dar de fapt nu voiam să mă complic şi ți-am dat întotdeauna ce ai vrut fiindcă îmi părea rău pentru ce ai pățit. Mă simțeam oarecum responsabil, deşi nu a fost deloc vina mea.

– Nu te înțeleg, Willem. Credeam că pe mine mă vrei, nu pe ea. Acum chiar nu mai am motive să mai trăiesc.

Dorothy scoase dintre faldurile rochiei cuțitaşul de argint, pe care îl purta pretutindeni cu dânsa, ducându-şi-l repede la gât. Ducele o privi impasibil.

– Fă cum doreşti. Totuşi, dacă ai de gând să te sinucizi, te rog să ieşi afară din casa mea. O să faci mizerie pe covor şi la cât de obosiţi sunt servitorii zilele astea, n-aş vrea să le dau muncă în plus.

Se forţă apoi să se ridice şi să iasă din cameră, lăsând-o pe Dorothy şocată în urmă. Era imperios necesar să dea odată de soţia lui. Simţise că ea nu fusese în apele ei zilele trecute şi faptul că folosise cantităţi de valeriană cât să adoarmă jumătate de oraş îi dădea de gândit mai mult decât de obicei. Se mai întremase puţin. Rănile nu îl mai dureau aşa tare. În marele salon, Theresa, Ambrose şi soţia lui, Mary, luau prânzul împreună. Ambrose avea braţele bandajate şi piciorul stâng, iar Mary degetele şi capul. Un pansament gros îi fusese pus peste ochiul drept ca să ascundă pierderea lui. Willem nu-şi putea da seama cum de mai aveau cei doi puterea să zâmbească.

– Willem, îl întâmpină Ambrose cu un zâmbet larg, credeam că nu mai ieşi din camera ta.

– Abia am reuşit să mă trezesc. Cum ai reuşit tu să te dai jos din pat mai devreme? Dacă te vede Joanne, o să se supere.

– Excelenţa Sa e plecată la stimatul ei tată, de aia am putut evada din cameră.

– Excelenţa Sa?! Ambrose, te referi cumva la soţia mea? De când o numeşti tu aşa? Din câte îmi amintesc eu...

– Iartă-mă pentru felul în care m-am purtat, Willem! îl întrerupse roşcatul, vizibil afectat de ceea ce spusese cândva despre Joanne. E o doamnă minunată şi îmi pare rău că am intervenit în relaţia voastră. Trebuie să meriţi o astfel de femeie.

– Aşa e, interveni Mary. Ne-a tratat ea însăşi rănile. Doctorii ziceau că Ambrose nu-şi va mai putea folosi braţele vreodată, dar uite că după doar câteva zile de la tratamentul ei, se pot observa efectele. Sigur se va face bine. Metodele ei sunt neobişnuite, dar ne-a povestit că sunt uzuale în alte țări. E fascinant să o asculți. L-am tot bătut la cap pe Ambrose să-mi facă cunoştință cu soția celui mai bun prieten, dar mereu găsea câte o scuză. Acum cred că ştiu de ce făcea asta.

– De ce?

– Pentru că nu vrei să o împarți cu nimeni, desigur, dragul meu Willem.

– Ai dreptate, Mary. Acum, vă rog să mă scuzați, dar am de făcut o vizită importantă.

Willem îi lăsă şi plecă în Norfolk după soția lui. De ce plecase fără să-i adreseze vreun cuvânt? Sigur era supărată în legătură cu ceva. Oare pentru că o mințise? Deodată se temea. Ambrose zisese că trebuie să meriți o astfel de femeie, iar el chiar nu se simțea demn de Joanne. Relația lor putea avea o şansă. Nu crezuse niciodată în iubire sau în dragoste la prima vedere. Joanne îl cucerise uşor, poate de aia se întreba de ce îi cedase fără să opună rezistență, el, care credea că mariajul e o cuşcă. Totodată, era furios pentru că ea i-o luase înainte şi îl salvase de la o moarte îngrozitoare, punându-se în pericol, mai ales după ce el îi interzisese să plece de acasă în absența lui. Până ajunse în Norfolk a doua zi, nu mai ştia ce să creadă. Doar de un lucru era sigur: avea nevoie de soția lui.

Vremea ploioasă din Norfolk nu o împiedicase pe Joanne să facă o plimbare prin împrejurimi, dar furtuna o făcu să se oprească la un vechi foişor din mijlocul pădurii din apropierea satului. Privea meditativ micile râulețe ce cădeau de pe acoperiş pe lujerii de trandafiri agățați de coloanele vechi de lemn. Foişorul era ferit privirii, iar ea putea sta liniştită acolo ca să picteze sau să scrie. Turna cu găleata, aşa că nu prea putea vedea peisajul ca să-l picteze, însă scria de zor ceva.

– Tigrul Alb? Doamna Ploilor? se auzi o voce răguşită din spatele ei.

Joanne se întoarse speriată, dar nu apucă să ţipe, că Willem îi captură buzele într-un sărut pasional. Ea se lăsă moale în braţele lui pentru un lung moment, dar apoi îi reveni raţiunea şi se depărtă de el.

– Eşti nebun? se răsti ea. Ce cauţi aici? Nu-mi spune că ai făcut călătoria asta, mai ales când rănile nu ţi s-au închis bine măcar!

– Iubito, nu plânge! zise el tandru, luând-o din nou în braţe. Şi te rog să nu mă împingi, că mi se deschid rănile, mai ales alea sufleteşti! Stai liniştită aşa.

– Da, acum te gândeşti la rănile tale, mormăi ea. De ce nu ţi-a păsat înainte?

– Îmi era dor de tine şi chiar şi acum, când eşti alături de mine, tot mi-e teamă că vei pleca brusc. Să nu-mi mai faci aşa ceva niciodată. Înjură-mă, loveşte-mă, fă ce vrei, dar nu pleca fără să-mi spui unde am greşit. Sunt bărbat, e un lucru ştiut că suntem cam idioţi în chestiunile ce ţin de femei şi nu numai. Trebuia să vin aici să aflu. Aşa că, luminează-mă!

– De fapt, singurul motiv pentru care ai venit aici cred că e Dorothy.

– Dorothy? De ce?

– Nu ţi s-a plâns ea că am bătut-o de am lăsat-o aproape infirmă? Nu eşti supărat? Chiar i-am tras două palme. E nerăbdătoare să devină ducesă, aşa că m-am dat la o parte. Nu mai e nevoie de mine. Aveam nevoie de timp de gândire, dar de când am ajuns aici am evitat să o fac...

– Da, Dorothy vorbeşte prea mult. Nu ştiu de unde i-a venit ideea că va fi soţia mea. Te asigur însă că...

– Willem, tocmai despre asta voiam să discutăm. Ești un om bun și doar printr-o coincidență s-a întâmplat să mă ceri în căsătorie, altfel, în alte circumstanțe, sigur nu ți-aș fi atras atenția. Dacă ai fi avut posibilitatea să alegi, fără să trebuiască să ții cont de misiunea aceea cu ucigașii, nici măcar nu te-ai fi uitat la mine. Nu sunt tocmai o fată obișnuită, cum credeam. De când am venit la Londra, mi s-a demonstrat zilnic că nu semăn deloc cu doamnele de acolo. Am făcut atâtea ciudățenii că, dacă era altul în locul tău, ar fi crezut că poate s-a însurat cu vreun fel de vrăjitoare. Mă consider norocoasă însă că am dat peste un soț înțelegător, care nu a lăsat prejudecățile să-i umbrească judecata. Tocmai de aceea vreau să-ți dau posibilitatea să faci acum acea alegere. Nu vreau să fiu înșelată. Prefer să înfrunt direct situația, decât să fiu nevoită să o ignor pentru tot restul vieții. Ți-aș face rău și ție și mie. Nu mă așteptam deloc ca în scurtul timp petrecut împreună să te îndrăgostești de mine. Nu sunt egoistă. Dacă tu și Dorothy vă iubiți, nu o să stau în calea fericirii voastre. O să accept divorțul, Willem! Tata va înțelege...

– Oprește-te! strigă bărbatul. Joanne, ți-am zis că te iubesc și vorbeam serios. Te iubesc! Da, ai avut dreptate când ai spus că dacă lucrurile ar fi stat altfel, nu te-aș fi observat, tocmai de aceea mă bucur că te-am ales pe tine. La început nu mi-a convenit, dar mi-am dat seama imediat că nu ești o fată tipic londoneză, apoi a devenit ceva personal când m-ai refuzat și norocul a fost de partea mea, căci știam că nu ai de ales. Mătușa ta era pornită să te mărite cu primul pretendent, deci o declarație publică de la un duce a fost decisivă. Ai avut toate armele cu care să mă dezarmezi, Joanne. M-ai făcut să mă îndrăgostesc nebunește de tine și acum îmi vorbești cu atâta nonșalanță despre divorț?!

– Willem, eu...

– Nu te-am înşelat niciodată, Joanne, o întrerupse el. De când te-am întâlnit în ziua acea la bal, nu m-am mai dus la Dorothy. Relaţia mea cu dânsa... a început cu vreo doi ani în urmă. Am întâlnit-o la petrecerea de aniversare a tatălui ei. Băusem mult şi am ieşit în grădină la aer. Mergeam în neştire şi am ajuns pe lângă grajduri. Acolo am văzut-o pe Dorothy cu un tânăr şi, în loc să intervin, m-am întors înapoi la petrecere ca să-i spun tatălui ei, crezând că fata va suporta mai uşor o ceartă părintească, fără să afle toată lumea adunată acolo. Nu mi-am mai adus aminte de asta decât vreo câteva săptămâni mai târziu, când tatăl ei a venit şi m-a implorat să o iau de soţie, acuzându-mă că, dacă nu o fac, mă va provoca la duel pentru că i-am pătat reputaţia fiicei lui. Am refuzat, iar el s-a dus acasă şi chiar în aceeaşi noapte a fost ucis de iubitul lui Dorothy, care a luat din casă şi o mare sumă de bani, după care a fugit. Dorothy a ajuns pe drumuri, căci domeniul tatălui ei i-a revenit unui unchi. Ca să nu moară de foame pe străzi, a început să-şi vândă trupul. Când am văzut-o câteva luni mai târziu, mi-a părut rău pentru dânsa, aşa că i-am oferit un adăpost. Mă simţeam responsabil pentru tot ce a păţit. Dar îţi jur că nu te-am înşelat Joanne!

– Dorothy a venit zilnic la tine cât ai stat la hotelul Hart... Edelweiss mi-a zis...

– Da, a venit la hotel. Totuşi, n-am făcut nimic, cu toate că ea încerca să mă seducă. Nu te aveam în minte decât pe tine, de aia l-am rugat pe Michael să-mi facă rost de nişte extract de valeriană din rezerva ta personală şi am folosit-o pe Dorothy ca să nu mă mai bată la cap.

– Ce-ai făcut?

– Am făcut ce a fost necesar, iubito. În plus, chiar trebuia să te scap de valeriana aia, deşi sigur vei creşte un hectar întreg în sera ta.

– Îmi plăcea ideea să am propria mea seră, dar am renunțat la ea, de vreme ce credeam că o să rămâi cu Dorothy.

– Nu, tu eşti singura femeie pentru mine. Nici să vrei, nu poți scăpa de mine. Ți-am luat o grămadă de semințe şi flori pentru sera ta... Chiar şi cactuşi.

Joanne oftă teatral, uitându-se peste foile scrise împrăştiate pe măsuță. Îi revenea buna dispoziție.

– Eşti sigur, milord? Nu te las să dai înapoi. E ultima şansă să te răzgândeşti.

Drept răspuns, Willem o sărută până rămase fără aer, în timp ce mâinile lui îi cutreierau fiecare părticică din corp.

– Willem, eşti pedepsit!

– Poftim? De ce?

– Eşti rănit şi ai făcut o lungă călătorie, deşi eu ți-am interzis să te dai jos din pat. Sunt supărată pe tine.

– Haide, iubito! Promit că o să mă odihnesc acasă şi fără să foloseşti valeriana pe mine.

– Eşti nebun! În locul ăsta oricine poate da peste noi, aşa că abține-te, te rog. Acum, încă mai vrei să afli cine e Tigrul Alb şi Doamna Ploilor?

– Oh, acum aveam chef de altceva, dar o să mă mulțumesc dacă îmi povesteşti cum ai căpătat abilitățile astea. Mă refer la cititul pe buze şi la imitarea vocilor.

– Când eram mică am căzut de pe un pod în apă şi am rămas temporar surdă. Mi-am revenit după vreo două-trei săptămâni, după ce învățasem deja să mă descurc binişor. Îmi era teamă că aşa ceva s-ar putea întâmpla din nou. Nu-mi plăcea să mă simt neajutorată, deci am continuat să învăț să citesc pe buze. Cât despre imitarea vocilor... Mă jucam des cu copiii din sat înainte să plec de acasă şi le citeam multe poveşti din carnetul mamei. Fiecare avea o poreclă secretă. A mea e Tigru Alb, Olivia e Doamna Ploilor. În copilărie, mama obişnuia să-mi spună multe poveşti de peste tot pe unde a fost. Preferata mea devenise cea a Tigrului Alb, în care e vorba despre o tigroaică vrăjită ai cărei pui au fost ucişi de vânători. Ca să se răzbune, ea a învățat graiul oamenilor şi îi atrăgea imitând vocile celor dragi lor.

– Foarte interesant.

– Da, râse Joanne. Când mă jucam cu copiii, făceam des asta ca să-i induc în eroare, de fapt, îmi plăcea să le joc feste şi mă pricepeam.

– Încă te pricepi, admise Willem.

– Oh, s-a oprit ploaia. Să ne întoarcem, până nu se întunecă.

Willem îi făcu pe plac şi se întoarseră acasă, unde ascultară alte poveşti de la tatăl ei. Baronetul Bright se arătă încântat să-i prezinte conacul şi împrejurimile lui, dar imediat ce observă că răsuflă mai greu, luară cina şi îl trimise să se odihnească. Ducele îl ascultă fără să se plângă, căci i se dăduse voie să stea în camera Joannei şi cum se însera, urma să o vadă curând. Ea veni după miezul nopții, ca să verifice dacă doarme şi să-l învelească.

– Iubito, mă eviți din nou?

– Nu.

– Stai cu mine.

Ea se descălță şi se băgă în pat.

– Încă mai eşti supărată, observă el.

– Puțin. Nu are legătură cu tine. Casa asta... am încercat să obțin promisiunea verilor mei că mi-o vor da mie, dar m-am întâlnit azi cu ei şi au refuzat. Au zis că nu au încredere în mine că le voi da banii şi că au găsit deja alt cumpărător.

– Draga mea, dacă îți dau o veste bună, faci dragoste cu mine?

– Eşti rănit, Willem.

– Nu-s rănit acolo jos.

Joanne se ridică brusc furioasă, trântind cu pumnul în pernă, apoi îşi dădu jos rochia subțire dintr-o mişcare, aruncând-o pe cel mai apropiat scaun. Willem o privea şocat şi cu admirație totodată, amintindu-şi de noaptea nunții lor când la fel făcuse şi el, doar că lui îi lipsea valeriana în acel moment. Femeia se urcă deasupra lui, unduindu-şi uşor şoldurile, ca într-un dans senzual. Nu-l lăsă să o atingă sau să se ridice s-o sărute, însă tortura aceea dulce i se părea minunată, căci putea privi în voie trupul gol al soției sale. După ce ajunseră amândoi la extaz, ea se lăsă obosită alături de el.

– Iubito, nu vrei să auzi vestea aia bună?

– Sigur, murmură tânăra pe jumătate adormită.

– Am primit în scris promisiunea verilor tăi de a-mi vinde mie casa asta, chiar de când le-ai trimis scrisoarea aia.

– Vorbeşti serios?

– Da. Şi mă gândeam că... Ei bine, tatăl tău mi-a povestit cum a călătorit în tinerețe alături de mama ta... Poate am putea face la fel?

Joanne se trezi deodată zâmbind. Îi trecuse toată oboseala, iar ochii îi sclipeau.

– Dragule, n-ai vrea nişte mac somnifer sau puțină

eşenţă de ololiuchiu, ca să te odihneşti mai bine?

– Ce s-a întâmplat cu valeriana?

– Am rămas fără... deocamdată.

– Îţi mulţumesc Doamne!

– Atunci asta va fi o noapte lungă pentru tine şi dacă supravieţuieşti, în ciuda rănilor, o să primeşti cu vârf şi-ndesat ce-ai cerut pentru tot restul vieţii tale! şopti ea, sărutându-l tandru, în timp ce bărbatul o îmbrăţişă cu dragoste.

*Şi pe acel obraz, şi pe sprânceană,*
*Atât de blând, de calm, de elocvent,*
*Are un zâmbet, iar culoarea-i faină,*
*Căci binele îl face-n mod frecvent,*
*Şi mintea îi este împăcată-n taină,*
*Iar inima iubeşte inocent!*

poezie clasică de Byron, traducere de Octavian Cocoş

# CUPRINS

Magazin virtual: www.literpress.ro
Sursă foto copertă: Freepik.com
Tipar 2021,

Colecția *PrimRose*

*Pentru publicare așteptăm manuscrisele voastre pe adresa:*
**Literpress@gmail.com**